文
景

Horizon

社科新知　文艺新潮

述而批评丛书 第二辑

偶然的诗学

顾文艳 著

上海人民出版社

上海文学批评的青年力量
——述而批评丛书第二辑序

新的时代发展引领文学创作的转换，青年作家、批评家如何面对时代变化中的价值和精神问题，如何以创作和批评的方式发出青年一代的铿锵之音，文学在深度参与现代化建设时，如何在文学创作和文学批评上引领潮流、创新方法、更新观念，更好地在中国式现代化中发挥文化的作用，这是批评面临的新责任。

习近平总书记高度重视文艺评论的社会功能，强调："要加强和改进文艺理论和评论工作，褒优贬劣，激浊扬清，更加有效地引导创作、推出精品、提高审美、引领风尚。"上海的文学批评一直有非常好的传统，涌现出一大批具有全国影响力的评论家，引领时代风气，积极参与并带动了中国当代文学的进程。斗转星移，薪火相传，述而后作，传承创新。新时代以来，上海出现一批年轻的文学评论新人。2018年，上海作协积极推动"述而"批评丛书的出版，集中推出11名出色文学批评家的作品，引起社会关注。把青年新力量的队伍吸纳进来，文学批评新力量会迎来很大的转机。如今上海又一批年轻的文学批评新人脱颖而出，有的是作协成员，有的是高校教师，有的是媒体中坚。为进一步加强上海青年评论家的影响、培养上海青年评论家队伍，我们继续推动“述而”青年批评家丛书的出版，希望聚集目前上海最具影响力和潜能的年轻批评写作者，精选每一位作者最有代表性的文学批评文章，再推出一套能够全面反映当下上海青年文学评论整体风貌的精品文集，集中展示这一批评家群体的成就和风采，也展示上海文学批评的新发展与新收获。从中我们可以看到，上海青年批评者正在新的科技基座上思考人文，推动人文，书写当下，思考未来，努力做时代的同路人与风向标，对新兴的文学现象进行客观判断，展开有效批评，提出前瞻建议，发出与时代息息相关的声音。

批评随时代而变。当代文坛，创作繁荣，色彩斑斓。塑造当代文学格局的，不仅有风格各异的传统文学期刊，更有引领青年创作风尚的新锐杂志；不仅有传统文学及其出版机构，网络世界的文学平台则更加丰富多样，自媒体、文学社区、网络文学网站等，共同组合出当下文学版图的样貌。随着网络文学的繁荣和网剧等新的艺术题材的兴起，第二辑“述而”批评丛书跟第一辑一个很大的不同，是除了收入传统的文学批评文章，还有意收入了网络文学及泛文学（如电影、电视剧、网剧等）批评的相关作品，在重视传统文学批评的同时，引导读者关注和思考网络文学和泛文学的发展，为日新月异的艺术发展提供有益的参考。

文学的创造性转化和创新性发展需要广大文学工作者的共同努力，青年批评家勾连现在与未来，是最具有潜力的创造性力量。在现代性进程内部有效改造中国传统文论，走出书斋的象牙塔，迈向时代的十字路口，走出内循环的舒适区，在世界性的合唱中加入中国批评的声音，亟待我们直面与践行。“述而”批评丛书第二辑的出版是这份共同努力的一部分，希望能取得有益的社会效果。在新时代的引领下，上海文学具有更加开放创新、流动多元、跨界共融以及面向世界的品质，我们要用全球视野重新认识和深刻把握脚下的热土，进一步深入生活、扎根人民，用文学的方式书写上海改革开放波澜壮阔的生动实践。未来我们将进一步促进创作、打造精品，用系统的观念全面梳理和构建中国式现代化的文学话语和叙事体系，继续赋能文学、提升价值，向广大人民群众提供高品质的文学供给，为推进中国式现代化书写文学篇章、贡献青年力量。

上海市作家协会党组书记、专职副主席
马文运

目录

第三辑

第四辑

上海

1

这本书中收入的所有文章都是在上海写下的。写作时间散落在2016年至2023年，不长不短，正好是我在上海生活的七年。

第一辑的主题是现代性，收入的学术书评、论文主要关注中国在与西方冲撞的遭遇下，文学、思想与文化现代性的多重景观；第二辑收入两篇讨论中国现代文学海外传播的文章，其实是第一辑的延续，延续的是中国文学现代性如何进入世界现代性的焦虑——这种焦虑至今依然在我们的时代精神里飘忽、蔓延；第三辑收入三篇当代中国作家作品的评论；第四辑收入一系列随笔体的文艺短评，对象是当代西方文学、影视与艺术作品。

写什么，写谁，怎么写，这些问题在提笔的时候都很轻巧，似有若无，最终成书也很偶然。我决定选用第一篇文章的标题，去掉引号，当书名：偶然的诗学。

2

我其实不相信偶然。

我这几年更喜欢用的词是机制。在历史的进程中，我从不太相信人的主体性。黑格尔看到世界精神骑着马迎面而来，我看到的可能是悬在马背上的一张蛛网，缚住日出日落的世界机制。文学场也一样，是个大蛛网。每个人的写作、行动都不是偶然，都在精神追逐和名利驱动的逻辑框架里有条不紊地运行。只是文学本身预设了更多主体性，所以我们总期待一些奇迹般的、偶然的瞬间，能重新划亮生活与生命。

这本书第一篇文章写的是王德威2017年编的《哈佛新编中国现代文学史》。看完王德威的序言，我就确定“偶然”是个重大线索，或者用更学理的话说，这本文学史聚焦的是一个由“偶然”掌舵的现代中国的历史时空。2016年刚开始读现当代文学专业博士的时候，我很喜欢他在《被压抑的现代性》里面说，文学史应该在“历史偶然的脉络中”想象“隐而未发的走向”。文学史不一定非要写作品和人事，还可以问一系列假如，一系列终于在这部文学史里展开的假如：

“假如鲁迅没有在1918年晚春的街头遇见钱玄同，假如张爱玲没有离开上海去经历1941年日军占领下的香港，假如老舍在1953年选择留在美国，他们代表的中国文学‘现代性’——

那些归根结底基于个人生命体验的文学创作及其历史意义——又会以什么样的方式被填补或空置？”

这可能是我写的这些论文里自己最喜欢的一段小排比。人是可以被替代的。人的功名成就是可以被空置的。人的境遇是偶然的，也因此可以被一遍遍重述、抹除。钱锺书说“史必征实，诗可凿空”。这可以用来区分非虚构和虚构，也可以激励一种偶然的诗学：去凿空历史的征实系统，回到世界机制的本原，人之为人最古朴的愿望。

幸福、爱、荣耀。

3

假如我没有来到上海？

（假如现在用德语，那么以下得用虚拟二式，我最喜欢的语法形态。）能确定的是，我写下的不会是这些文章。

我从小就知道我得写作，我未来的职业只可能是作家。当然，我现在仍然这么想。我太早卷入了蛛网，卷得坚定不移。尽管大多数时候，我讨厌蛛网。我不喜欢互相依附、吹捧的作家、批评家。我不喜欢需要被批评赋予意义的创作，更不喜欢攀附作品延存的批评。总之，我不想像真菌一样附着在这张网上。

可我没有卡夫卡认定自己作品即便付之一炬仍有意义的坚

信，也没有本雅明将精神与现实的一切叙事、抒情、批评与理论统统融为一种永恒知识的自如；毕竟，注满思想与信念的夜晚本不需要月光。可还没有太多人真诚地鼓励过我，给我放肆写作的机会，我就已经进入了要为人师表地指导、鼓励学生的年纪和角色。我的硕士导师是第一个鼓励我从事文学学术研究的人。她坚定地对我说，你生来就是做学者的，不做这个实在太可惜了。我总会想起那句话，像一个命定的标点。

我一直希望有人能对我说，你生来就是当作家的。可没有人这么说过。没人把我推向虚拟二式中的另一个上海，另一座同样布满道路的城市。在本书后两辑的文艺评论里，偶尔会闪露出虚拟二式中的另一座城。

2023年12月17日星期日

第一辑

“偶然”的诗学
——《哈佛新编中国现代文学史》中的“文”与“史”

王德威在《哈佛新编中国现代文学史》（简称《哈佛文学史》）的长篇导言《“世界中”的中国文学》中，开宗明义地提出了“何为文学史”与“文学史何为”的“大哉问”。这不仅是任何一部优秀文学史都应有的文学本体论与历史诗学的问题意识，也体现了作者在西方“后学”语境下如何重写中国现代文学史的理论自觉。尽管王德威特别强调作为理论资源与灵感来源的中国传统史学的编年体和钱锺书的“管锥学”，但是从全书结构和内容来看，西方后现代理念如水银泻地，无处不在，明显地支撑着这部文学史的整体编撰结构。一百多篇体例迥异的文章星罗云布，[1] 编年史的宏大叙事在复数的“小叙述”中消解殆尽，“星座图”上的叙述片段取代了连贯的历史叙述，刻意强

[1] 该书英文版 *A Literary History of Modern China*（Cambridge: Belknap/Harvard University Press, 2017）共有155位编撰者，收入161篇文章，简体中文版则替换了将近20篇，繁体中文版则将删除和增补的一并收入，共有184篇。

调“文学性”的“众声喧哗”盖过了文学史的谨严法度。现代中国的“文”与“史”也在持续的互证中完美地进入了本雅明的版图和巴赫金的想象。[1]这样的尝试与实践，一方面在文学现代性的历史书写中追溯中国传统“文”与“史”的对话关联，另一方面在“世界中”的后现代叙述实验中似乎再次印证了传统文学史的“没落”[2]，两者之间构成了有趣的张力。

应该说，“文”与“史”的关系是《哈佛文学史》文学史书写的理论核心，也是我们进入和评说《哈佛文学史》的重要路径。“文”与“史”的关系，本身就错综复杂，若从中西传统概念入手更是扑朔迷离，很多理论专著也未能阐释清楚，更何况是一部实践性的文学史著作。但是，王德威旁征博引、高屋建瓴的导言，显示了从片段式的叙述中窥天指地、考古“文”与“史”之互动关联的壮志雄心。“如何将中国传统‘文’和‘史’——或狭义的‘诗史’——的对话关系重新呈现”[3]成为《哈佛文学史》的核心问题。事实上，无论是中国古典“诗史”传统，还是西方亚里士多德有关诗（文学）之放眼“普遍”而不囿于“个别”历史的论述，抑或是后现代重提的“历史诗学”，“文”与

[1] 参阅王德威：《导论：“世界中”的中国文学》，《哈佛新编中国现代文学史》（上册），麦田出版，2021年。

[2] 参阅René Wellek, “The Fall of Literary History”, in Reinhart Koselleck/Wolf-Dieter Stempel (Hg.), *Geschichte — Ereignis und Erzählung*, München: Fink Verlag, 1973, 427–440。

[3] 王德威：《导论：“世界中”的中国文学》，《哈佛新编中国现代文学史》（上册），麦田出版，2021年，第34页。

“史”的对话最终还是要回到文学与现实的关系，即文学原理的问题。[1]因此，《哈佛文学史》关注的重点不是作为不同文体类型的“文”与“史”，而是中国“诗史互证”传统与西方摹仿论范式下“文学和历史（现实）互为文本”[2]的可能性，正是基于这种可能性，群星错置的“星座图”式的文学史书写得以正名。本文尝试从“文”与“史”的问题出发，探讨《哈佛新编中国现代文学史》所呈现出的文学史观和书写形态。

一、“文”与“史”的辩证

相较于国内大同小异的《中国现代文学史》的书写范式，《哈佛文学史》片段式的著述体例无疑是别具一格的。然而，如若放眼域外，连贯的线性叙述和整体性的历史建构早已不是文学史书写必不可少的任务。诚如王德威所述，这部文学史承续了哈佛大学出版社法国、德国和美国文学史新编的篇幅体例和拼组式结构，也可以与“近年英语学界‘重写中国文学史’”多项成果并置进行横向比较。[3]哈佛版“新编文学史”系列的第一本《新编法国文学史》，诞生于后现代主义风潮之下，解构强调

[1] 张晖：《中国“诗史”传统》，生活·读书·新知三联书店，2016年，第6页。

[2] 王德威：《导论：“世界中”的中国文学》，《哈佛新编中国现代文学史》（上册），麦田出版，2021年，第34页。

[3] 王德威：《导论：“世界中”的中国文学》，《哈佛新编中国现代文学史》（上册），麦田出版，2021年，第37页。

连贯性和整体性的大历史，由此框定了基本的编写体例：以一条时间轴陈列一个个文学时刻，每一个时刻以一篇字数相近的散文来呈现。2010年出版的第三本《新编美国文学史》更是择选了具有挑衅意味的文学史姿态，不仅挑战“历史”的连贯性，还把“文学”的概念直接扩张到了整个精神文明和物质文化层面，把文学史写成了一个现代民族国家的“创造”史。《哈佛文学史》承袭了这个系列“反文学史”的传统，一方面沿用以编年顺序串联时间节点的基本结构，另一方面把叙述对象从“文学”扩大至“文化”范畴，由此形成了王德威所说的“文化的穿流交错”和“文与媒介衍生”。值得一提的是，作为海外汉学界“重写文学史”风潮下的一种尝试，这部文学史的体例与同一时期问世的其他几部不以“史”命名的中国现代文学史编著亦相吻合。这些编著在形式上都有片段化的倾向，叙事不求连贯甚至侧重探寻历史缝隙，试图通过碎片性的知识生产重建文学史的整体性。[1]

以此观之，《哈佛文学史》非但不是横空出世的独异的文学史写作，反倒可以看作典型的海外学界回应文学史写作“整体性”式微的学术产品。但是，如果我们就此把这部文学史简单地视作后现代理论框架下的碎片叙事，把主编在导言中苦心援引的中国文论传统理解为牵强附会的类比，那么我们只能看

[1] 参阅季进：《通过碎片来重建整体性的可能》，《南方文坛》2020年第2期。

到一幅整体性被消解之后，重新用碎片拼凑起来的现代中国的文学图景，从而忽视了这本文学史的另一种辩证对话式的读法。这种读法不要求将每则文学化的叙事读作片段式的历史原形，而是邀请读者立足文学史的无数时空节点，来探索文学与历史的辩证关系，以此构建每个人关于现代中国的文学史认知。只有秉持这种辩证对话的读法，《哈佛文学史》才能如主编所设想的那样，“投射一种继长增成的对话过程”。[1] 构成这本文学史的一百多则文学化的叙事也就不再仅仅是历史“星座图”上的文学时刻，也是隐藏着“文”与“史”、文学与现实、历史虚构与建构等辩证性命题的线索坐标。

我们不妨从最能体现这本文学史整体规划观念的始末读起。开篇之作《现代中国“文学”的多重缘起》点出了三个年份，将中国现代文学史的起点追溯至晚明文人杨廷筠受西方传教士影响重新定义“文学”的1635年，同时并置周作人在1932年和嵇文甫在1934年沿着不同的精神史谱系将中国文学现代性的起源溯源至晚明的论述。收尾之笔《科幻中国》把历史下限定格在2066年，这是韩松科幻小说《火星照耀美国》虚构场景里的年份。1635和2066，虽然可以视为线性历史纪年的起止，但是文学史开放性的呈现方式总是令人质疑起止年份作为象征坐标的意义功能。事实上，首尾两篇同《哈佛文学史》大多数按照

[1] 王德威：《导论：“世界中”的中国文学》，《哈佛新编中国现代文学史》（上册），麦田出版，2021年，第24页。

年份日期、事件简述和文章标题格式开场的篇章一样，聚焦的时刻是多重且跳跃的，并不囿于单一的事件时空或人物。1635年的坐标，本身就是和另外两个同样未曾在中国现代文学史上被赋予重大意义的年份1932和1934合并在一起，成为复数的文学“缘起”，呈现出一种时代错置、模棱两可的开放性叙事：中国现代文学史的书写从晚明起笔，也许是当时的一位文人在西方文化的影响下打开了连通世界的“文学”新视野，也许是因为1930年代有两位作家同样在晚明的文学遗产里发现了具有现代性意涵的启蒙思想。该篇作者李奭学的叙述笔调平稳，信而有征，字里行间却充斥着巨大的不确定性，好像1635年——或者任何一个年份、一个事件作为文学史的起始坐标都是可以被动摇或被替换的，“以有意的以今搏古，对历史进行一种现代意味的介入”[1]，这种介入的“现代意味”正是源于《哈佛文学史》历史叙事时空错置的不确定性和偶然性。

同样，尾声聚焦的2066年是一个文学想象中的未来时空，它和该篇提及的其他虚构时空一样随意而平凡，比如刘慈欣《中国2185》中的未来时空。选择2066而不是2185作为这部文学史的终点坐标，或许是因为“火星照耀美国”这个虚构事件背后更为明显的政治阐释空间，或许是希望再遵循一次文学史以文学作品而非文学生产为事件坐标的书写惯例，或许是因为

---

[1] 李奭学：《现代中国“文学”的多重缘起》，张治译，《哈佛新编中国现代文学史》（上册），麦田出版，2021年，第61页。

主人公“西行”之旅的设定更加符合“世界中”的编写理念，或许也是为了以“美国”的文学表征结束这本由美国学者主导、在美国出版的文学史。不管是哪一种或哪几种原因，2066年作为科幻小说中的偶然的年份，成为一本文学史的叙事讫点，指向了关于现代中国的文学现实和历史想象。编者或许没有试图以此宣告一部文学史的终结，但确实果断地把文学中的历史虚构接入了文学史的历史建构。

由此可见，1635和2066作为编撰者为现代中国文学拟定的起讫节点，实际凸显的是历史叙事与文学虚构之间辩证性的关联。如果说1635年是中国现代文学“缘起”多重历史叙事可能性之一种，那么2066年也恰好因其虚构的象征性而被选中，成为中国现代文学历史叙事的“结局”之一。前者视史为诗，展现了历史叙事的开放性；后者借文著史，用小说时刻投射文学史编年，似乎都是在提醒读者留意历史重构的多种可能性。因此，《哈佛文学史》一方面勾勒出一套开放的、不稳定的、动态的文学史的言辞结构，另一方面呈现出一种文史互通的文学史写作姿态，并贯穿于整部文学史编年形式下纵深的情节脉络。开篇有关“文学”现代定义的讨论在后面的一些篇章中，不断得到开放性的回应，比如在1755年的坐标点上，胡志德的《十九世纪中国的文章复兴》从戴震给友人的书信开始，谈及以“书写”为内涵的“文”之地位在政治历史转折中的变化；陈国球的《“文”与“中国最早的文学史”》从1905年林传甲以“文乃一国之本，国民教育之始”一语编订文学史讲稿说起，讲到黄人在同一时期相似社会动机下更具现代性的“文学”观念和文学史书写。这些篇章虽然都从作为文学史编年顺序标识的某一个年份开始叙述，涵盖的叙事时空却往往纵横交错，错置多个年代坐标，主导这种错置书写的便是极富现代意味的偶然：1913和2011被放置在同一个历史坐标，是因为该篇作者董启章2011年得知香港导演陈耀成拍摄了关于康有为的纪录片《大同》时，“刚巧”[1]读完康有为1913年的《大同书》；1934年1月1日《边城》出版和1986年3月20日《红高粱》付梓，沈从文的英译者金介甫把这两个文学事件合并成一个文学史坐标，他发现沈从文和莫言在这两个中国现代文学史的“关键时刻”都正好三十一岁；胡志德叙述自己偶然在香港街头书店里第一次遇见《围城》的1972年，文学史的叙事主体和叙事对象偶遇，时间纵向倒退回《围城》出版的1942年。

在这些错置的篇章里，编年顺序仅仅是呈现事件的历史排列形式，每一个共时事件的书写都带有历时性的情节化倾向，或者说文学性的叙事元素。在一个个历史与文学共同的偶然时刻，“文”与“史”的辩证关联于焉成形：文学主体和文学文本因历时错置获得历史感知，历史主体和历史叙事在共时结构中渲染文学色彩。

[1] 董启章：《〈大同书〉：乌托邦小说》，《哈佛新编中国现代文学史》（上册），麦田出版，2021年，第250页。

二、“偶然”的现代时空

我们看到，文学和历史的互通在《哈佛文学史》中的呈现，很大程度上是基于共同的“偶然”。大大小小的“巧合”支配着历史的叙事情节和叙事节奏，“偶然”的真实的历史纪年和虚构的文学时刻共同标识了文学史的进程。实际上，集合155位来自不同国家、不同写作背景的作者的文学史编写过程本身，也充满着“各式各样的随机性和偶然性”[1]。文学史的书写实践与其力图再现的历史图景共享这种形式特征，一方面体现了作为文学史“写作对象”和“写作过程本身”的历史充满不确定性的“本相与本质”[2]，另一方面也揭示了这本文学史聚焦的是一个由“偶然”掌舵的现代中国的历史时空。

说起偶然（contingency）与现代性，我们自然会想到王德威曾经在《被压抑的现代性》中所作的阐释与实践。王德威在20世纪末的“世纪末”回望中，发现晚清文学所包含的丰富多重的现代性，在“五四”启蒙的主流话语中被压抑，汇入了单一的现代中国文学叙事。这种文学史观一味强调单一的“现代性”概念，仅仅关注围绕这个概念展开的历史事件及其因果关

---

[1] 王德威、李浴洋：《何为文学史？文学史何为？——王德威教授谈〈哈佛新编中国现代文学史〉》，《现代中文学刊》2019年第3期，第8页。

[2] 王德威、李浴洋：《何为文学史？文学史何为？——王德威教授谈〈哈佛新编中国现代文学史〉》，《现代中文学刊》2019年第3期，第8页。

联，却忽视了文学现代性的历史进程中由“偶然”支配的历史缝隙。王德威立足的“世纪末”（fin-de-siècle）是19世纪西方现代性迸发的理论原点，他拒绝遮蔽的“偶然”指向的也是在波德莱尔“过渡、短暂、偶然”[1]的定义中持续变形的现代时空。在王德威设想的历史图景中，“有幸发展成为史实的，固属因缘际会，但这绝不意味稍稍换一个时空坐标，其他的契机就不可能展现相等或更佳（更差）的结果”[2]。这样的历史观接续了他一再援引的哈佛生物学家古尔德（Steven Jay Gould）的反进化论逻辑[3]，同时也几乎可以看作德国社会学家卢曼的现代社会系统论考察中“偶联性”（Kontingenz）概念的转写：“既非必然，亦非不可能；既可以是现在的（或是已发生的和将要发生的）形态，也可以是另一种全然不同的形态”[4]。因此，当王德威在《被压抑的现代性》中呼吁文学史要在“历史偶然的脉络中”想象那些“隐而未发的走向”时[5]，其实也已不无偶然地预示了多年后编写中国现代文学史的方法与意图。

在这本《哈佛文学史》中，“偶然”的瞬间被纳入了“历史

---

[1] Charles Baudelaire, “Le peintre de la vie moderne”, in *Oeuvre Complètes de Charles Baudelaire III: L'art Romantique*, Paris: Calmann Lévy, 1885, 69.

[2] 王德威：《被压抑的现代性》，宋伟杰译，麦田出版，2011年，第23页。

[3] 参见王德威：《被压抑的现代性》，宋伟杰译，麦田出版，第22页和王德威：《导论：“世界中”的中国文学》，《哈佛新编中国现代文学史》（上册），麦田出版，第29页。

[4] Niklas Luhmann, *Soziale Systeme: Grundriss einer allgemeinen Theorie*, Frankfurt am Main: Suhrkamp, 1984, 152.

[5] 王德威：《被压抑的现代性》，宋伟杰译，麦田出版，2011年，第23页。

脉络”，“隐而未发”的现代性也得到了发散的想象。编者拟定的另一个中国现代文学缘起的坐标1792年，就同时代表了历史的偶然和幽隐的现代：以马戛尔尼为首的大英使节团访华，拉开西方列强侵略倒逼中国现代化叙事的序幕，在清末历史怀旧中隐现“现代体验”的文学巨著《红楼梦》又恰巧在同一年问世。事实上，“偶然”的指向也决定了《哈佛文学史》整体编排原则，同样可以回溯到王德威在《被压抑的现代性》中清楚勾勒出的“‘时代错置’（anachronistic）的策略与‘假设’（subjunctive）的语气”。[1]“时代错置的策略”在编年史框架下的主要功能是通过原始历史素材的重组排列进行情节化统筹，以此“搅乱（文学）历史线性发展的迷思，从不现代中发掘现代”[2]。如果说“时代错置的策略”可以视作这本文学史的文学性特质，也就是历史“诗性”的表征，那么虚拟语气的叙事更是为历史著作注入了文学情感，因为它要求编纂者“将自己置于充分自觉的假想叙事中”[3]。借用钱锺书所说的“史必征实，诗可凿空”[4]，这样的处理就是将或可“凿空”的“诗”性纳入了“史”之“征实”的再现系统。于是，我们看到文学史的主人公们在一系列或直接或暗藏的“假如”中重新登场：假如鲁迅没有在1918年晚春的街

[1] 王德威：《被压抑的现代性》，宋伟杰译，麦田出版，2011年，第44页。
[2] 王德威：《被压抑的现代性》，宋伟杰译，麦田出版，2011年，第44页。
[3] 王德威：《被压抑的现代性》，宋伟杰译，麦田出版，2011年，第44页。
[4] 钱锺书：《谈艺录》（补订本），中华书局，1984年，第38页。

头遇见钱玄同（哈金《周豫才写〈狂人日记〉》），假如张爱玲没有离开上海去经历1941年日军占领下的香港（李欧梵《张爱玲在香港》），假如老舍在1953年选择留在美国（苏真《老舍和美国》），他们代表的中国文学“现代性”——那些归根结底基于个人生命体验的文学创作及其历史意义——又会以什么样的方式被填补或空置？假设语气的疑问，邀请读者和作者一起在“偶然”的现代时空中，想象历史主体的另一种命运，想象中国文学史演变更多的可能性。

值得注意的是，进入历史想象的“主体”不仅是传统文学史中为人熟知的主角（作家），还包括许多过去被视作历史配角甚至未曾被主流文学史提及的人物。编者力图用广义的、具有现代性内涵的“文”之“媒介衍生”代替狭义的“文学”概念，文学史主体的“文学”活动领域也从书面文本扩至视听影音，主体的身份更是涉及政客、商旅、传教士、歌手、演员等各个现代社会的不同领域。还有的主体甚至是在身份不明的情况下参与了叙事——全书最富“假想叙事”意味的篇章应属周文龙的《寻找徐娜娜》。作者的叙述始于一项有关20世纪上半叶国文教材课程的研究，叙述对象则是他意外发现的文献和人物：一本夹了试卷的国文教科书，一个在试卷上答题、在教科书上涂鸦的中学女孩徐娜娜。全篇主体篇幅是在虚拟语气下假想这个突然出现在1948年历史脚本里的女孩的身世。在此之前，作为学术研究者的叙述者已经以虚设为线索，细读徐娜娜的眉批涂鸦，完成了20世纪中国语境下“国民文学”的历史重构。[1]作为文学史的写作者，叙述者假想历史主人公的命运走向，继而为濒临民族国家大历史转折点的1948年勾画出“文”与人的命运分岔。更具戏剧性的是，徐娜娜在故事的结尾脱离了作者的幻想,“来到现实的具体历史位置”[2]，以徐格晟的真实身份向他致信。想象中的主人公在故事的结尾来到了叙述者的现实生活，或者反过来说，文学史的书写主体与书写对象发生互动关联，一起进入了历史。

毋庸置疑，书写者的主体意识在这本文学史中得到了极大的彰显。除了周文龙写徐娜娜、董启章写《大同书》、胡志德写钱锺书等“夹议夹叙”的篇章外，还有很多文学史重要时刻的亲历者“现身说法”，比如追忆父母“文”事的朱天心和王安忆、记录个人文学体验向历史时刻转变的莫言和余华、作为观察者和亲历者参与了文学史争辩与重建的李欧梵和陈思和，等等。不得不指出的是，这种“众声喧哗”的编排方式难免堆砌文学史原始素材之嫌，文学史的作者群体本身就复杂多元，书写者主体意识的昭彰使得最终呈现的文学史形构愈显庞杂。那些以回忆自叙参与文学史写作的方式无可厚非，但是风格迥异

[1] 参看Joseph R. Allen, “Nana’s Textbook: Building a National Literature in Chinese Middle School”, *Modern Chinese Literature and Culture*, vol.27, no.1, Spring 2015, 109–166。

[2] 周文龙：《寻找徐娜娜》，李剑青译，《哈佛新编中国现代文学史》（上册），麦田出版，2021年，第562页。

的个人化叙事拼贴一定程度上也带来了一些混乱的印象，历史书写的随机性不可避免地给阅读体验带来了波动。如果说对于英语世界的文学爱好者来说，理解朱天心写父亲朱西甯时的真挚绵密的感情（《小说的冶金者》）和马尔克斯的互文并不算困难，那么要读懂王安忆写母亲茹志鹃创作生涯中的“三个悖论”（《公共母题中的私人生活》）却可能需要先通读一部分中国当代文学史教程。全书不少篇章对阅读者都有近乎严苛的文学史知识要求，还有部分文学性较强的散文被直接安放到某个特定坐标，其文学史意义却主要是象征性的，需要读者更多的个人体验与解读。比如从李娟阿勒泰散文中选用的《突然间出现的我》，叙述汉文化主体与新疆哈萨克族群的文化交流，固然符合《哈佛文学史》“华语语系”的设计，可是这篇原本独立的散文作品不经处理就占据了2007年的历史坐标，略显随意之余，似乎也把本来应该属于文学史的“文学讲述”文本直接抽调出来变成了“历史叙述”，把阐释作品文学史意义和解析历史文学性的任务全权交付给了读者。

当然，不管文学史叙述是否成立，这样的设置悄然完成了从主体性彰显到主体性隐退的过渡，实际上鼓励了文史辩证的文学史读法，也可以看作文学与历史在“偶然”的现代时空互为文本的表征。在中国文学现代性的历史书写中，写作主体时而需要“随机”错置的时间重组，时而依靠卢曼意义上“偶联性”虚设来主导叙事风格，时而在个别纵情的文学时刻投身于历史之无常，使得整体《哈佛文学史》充满了“偶然”的“文”与“史”的往返对话与辩证。

三、“世界中”的历史诗学

作为一本呈现中国文学现代性的文学史著作，《哈佛文学史》的书写范式与书写内容若合符契，现代意识在具有双重意义的“偶然性”书写（时代错置的“随机”和假设语气的“偶联”）中昭然若揭；作为一本具有再现功能的文学史著作，它所呈现的历史图景又是饱含争议的，许多片段都是对中国现代文学传统观念甚至学科建制的解构。“现代性”并非从文言转向白话的一蹴而就，而是新的语言体式下能指与所指的断裂层面（宇文所安《晚期古典诗歌中的彻悟与忏心》）；“五四”并非中国现代文学传统之“实名”，1919年5月4日对于“五四文学”经典来说是一个无关紧要的日子（贺麦晓《巨大的不实之名：“五四文学”》）；民族国家的政治疆域无法确定“中国文学”的内涵与外延，大陆与海外在“华语语系文学”的视野下平等地出现于文学史的版图，甚至偶尔融合成同一个时空坐标（陈绫琪《双城记》），等等。部分传统文学史中的现象与惯例也受到了挑战，比如全书明显加强了女性在文学史书写中的比重，包括在女性普遍匿名的晚清也添置了有关女性写作的讨论（魏爱莲《早期现代中国的女性作家》）；文学史的事件坐标只有一部分围绕文学作品的生产、刊发和接受，更多的是选取历史主体（作家、翻译、学者、演员、歌手等）生命中的重要时刻作为坐标，其中还有一部分倾向于标记主体消亡的时刻（如秋瑾、瞿秋白、鲁迅、郁达夫、老舍、阮玲玉、三毛、邓丽君、李小龙等）。更有甚者，编者在“文”的系谱学视野下重新择选文学史的书写对象，将过去不可能被视作“文学”范畴的多元文体纳入历史聚焦。文学史的时空边界不断向外挪移，中国现代文学的研究框架也在对“中国”“现代”“文学”和“历史”等关键词的重新诠释中不断得到延展。

在这个意义上，《哈佛文学史》破旧立新的学科意义或许可以用樊骏在20世纪80年代末对中国现代文学未来学者的期望来概括：“消解现有的格局，把现代文学研究纳入更大的学科之内，或者重新建构新的学科。”[1]这本文学史消解传统格局的贡献是显而易见的。在西方后现代理论的影响下，编者放弃了以作家、作品、文学运动为主干的历时性的叙述模式和书写范式，择取了碎片式的历史呈现法，消解了时代、学科、主体与客体、文学与现实等既定概念之间的界限，呈现出全新的文学史风貌。至于它如何为文学史写作乃至中国现代文学学科发展带来建构性的设想，我们很难直接从这些消失的边界中找到答案。本文上述两节主要讨论了这本文学史写作的文学属性及其现代性特

[1] 樊骏：《中国现代文学论集》（上），人民文学出版社，2006年，第521页。

征，将其视为具有文学性的文本来解读，特别强调建基于时代错置的叙事法则和基于“偶然”的现代时空体之上的“文”与“史”的辩证对话。这种文学史的叙述形构如何使然，也就构成了历史诗学的问题，应该可以为我们提供更多具有建构意义的线索。

论及历史诗学，似乎又不得不回到后现代的建构理念。无论是错置时代还是强调偶然，不管主体意识是凸现还是隐退，种种“情节编排”手法都表明《哈佛文学史》依循的是元史学的历史观，即一切历史叙述都存在“固有的”（inherently）虚构性。[1]不同于海登·怀特通过对传奇、悲剧、喜剧、讽刺和史诗等相对宏大的“情节化模式”来阐释的历史叙事学概念，[2]王德威在导言中援引的“史蕴诗心”趋向于用历史叙事的情节碎片展现史之“诗性”。历史叙事活动被限制于片段式和编年体的基本框架，形成的情节模式趋于简短而多元。一个原本连续的故事可以由散落在不同时间坐标上的多个叙述活动拼组而成，并且需要读者按照特定人物线索参与情节构形。鲁迅的故事从王德威并置论述鲁迅发表《摩罗诗力说》和王国维发表《人间词话》的1908年开始，辗转到哈金的虚构叙述“周豫才写《狂人

---

[1] Hayden White, “The Discourse of History”, in Robert Doran (ed.), *The Fiction of Narrative: Essays on History, Literature, and Theory, 1957–2007*, Baltimore: The Johns Hopkins University, 2010, 187–202.

[2] 参阅海登·怀特:《元史学：19世纪欧洲的历史想象》，陈新译，译林出版社，2004年。

日记》”的1918年，再延至汪晖书写墓碑意象引述鲁迅写《墓碣文》的1925年，最后到庄爱玲《文章身后事》记录鲁迅逝世的1936年，鲁迅形象与文学史叙事同条共贯，如影随形。与文学史以正统“作品”为主要情节线索的“鲁迅故事”不同，同样是在不同叙事模式下穿插于编年史纵轴，张爱玲故事只集中于她（文学）生命中两个重要的异乡（1942年的香港和1952年的美国），而沈从文故事的情节主线则集中在新中国成立前夕文学生涯的变故（1947年和1949年）。虽然《哈佛文学史》在诸多方面都无先例可循，可是鲁迅、张爱玲、沈从文三位浓墨重彩的人物情节线索却隐现了海外学界的学术行迹。他们在不同历史坐标的反复登场，很容易令人想起他们在夏志清《中国现代小说史》里分别作为三个历史分期代表的出场。[1]可以说，《哈佛文学史》的叙述处理，与夏志清半个世纪以前以审美标准、按照作家作品编排的文学史书写存在显而易见的对话关系：1936年坐标上的《文章身后事》和《中国现代小说史》中的鲁迅章节都以鲁迅逝世后被“神话化”的现象开篇；沈从文在抗战胜利之后的遭际扩展或印证了《中国现代小说史》中匆匆提及的一句“自然是缄默了”[2]，而侨居美国的张爱玲之所以能够重

[1] 参阅夏志清：《中国现代小说史》，刘绍铭等译，香港中文大学出版社，2015年。

[2] 夏志清：《中国现代小说史》，刘绍铭等译，香港中文大学出版社，2015年，第274页。

新撼动中国文坛，成为“文学史的异端”[1]，本身就与夏志清的大力提扬密不可分。换句话说，《哈佛文学史》看似[illegible]情节化的编年序列，存在着由多元叙事活动拼组而成的情节模式，同时也包含着对文学史书写传统的某些回应。

不仅仅是情节模式，《哈佛文学史》中不断出现的中西比较也与《中国现代小说史》对西方文学典范的广泛征引颇可合观。只要对《哈佛文学史》的副文本索引目录稍作检阅，就不难发现其广博的世界文学视野和比较文学法则。然而，不同于夏志清主要基于文本审美特征的诗学比较，《哈佛文学史》的跨文化比较具有与整体叙事风格相一致的随机性，有时是基于恰巧共时的或者说是“同步态”[2]的现代意识，比如用艾米丽·狄金森的“在家而无家可归”（homeless at home）[3]概括江湜与黄遵宪的漂泊诗意，或是类比波德莱尔与龚自珍运用古典体式书写现代精神[4]，更多时候则是直接突出作为中国现代文学史主角的跨

---

[1] 沈双：《文学史的异端》，《哈佛新编中国现代文学史》（下册），麦田出版，2021年，第44页。

[2] 陈思和提出中外文学关系中存在“同步态”与“错位态”，前者指在世界文学同一性与共时性的发展下，中国文学与世界现代精神现象同步相通；后者源于中国社会环境的特殊性，表现形式是中国文学与世界文学在互相影响发展过程中的不协调。两种形态信号不断调节中国新文学在世界文学整体框架中的位置。参阅陈思和：《中国新文学史研究的整体观》，《新文学整体观》，广东人民出版社，2018年，第18—20页。

[3] 田晓菲：《原乡里的异乡人：江湜与黄遵宪》，季剑青译，《哈佛新编中国现代文学史》（上册），麦田出版，2021年，第117页。

[4] 宇文所安：《晚期古典诗歌中的彻悟与忏心》，张治译，《哈佛新编中国现代文学史》（上册），麦田出版，2021年，第97—101页。

文化主体，比如传教士、外交官、翻译、跨国旅人等传播与接受主体。换言之，《哈佛文学史》关注的不是跨文化视域下的中国现代文学文本，而是现代中国语境下跨文化体验的文学叙事与历史场景。从汤姆叔叔到福尔摩斯，从白璧德到浮士德，从瑞恰慈到燕卜荪，从泰戈尔到奥登，异域文学人物与文化符码纷至沓来；同样地，来自中国的文人与文化主体也在不断变化的现代世界穿行嬗变，在异乡重识故乡，把世界经验带回本土。在这里，夏志清所说的“感时忧国”不再是阻碍中国文学作品达到世界文学水准的障碍，反而是促动具有现代民族国家属性的中国文学（文化）在国际场域里的“穿流交错”的推力。可以说，《哈佛文学史》在继承夏志清开创的文学史书写传统的同时，也重构了这个传统中中国现代文学的叙事主题与情节模式。

主导这场叙事重构的便是王德威借用海德格尔的理论术语“世界中”为这部文学史立下的主旨：中国文学始终处在一个动态的变化过程中，在一个“持续更新现实、感知和观念”的开放的状态下相遇世界。[1] 只有在时时刻刻变化着的“世界中”，中国文学主客体的历史存在才能被揭示。根据“世界中”的理论主旨，王德威为《哈佛文学史》的写作勾勒出四条编纂主线：时空的“互缘共构”、文化的“穿流交错”、“文”与媒介衍生、文学与地理版图想象。这几条线索在上述讨论中已有不同程度

[1] 王德威：《导论：“世界中”的中国文学》，《哈佛新编中国现代文学史》（上册），麦田出版，2021年，第38页。

的涉及。时代错置和虚拟语气的叙事策略把“现代中国”这个相对稳定的历史时空转而“共构”成一个不确定的、移动的、由偶然的瞬间拼组而成的文学时空，文学主体动态的国际交流与跨文化经验便是该时空下的重点书写对象;“文学”概念向“文化”范畴挪移扩张，文学地理版图的边界也在“华语语系文学”概念下逐渐消逝。这些线索都指向一种动态的、“世界中”的文学经验，但是似乎也同时引向一个悖论：如果中国现代文学的发生始终处于“世界中”的巨变当中，那么这种“变化”的历史书写如何可能？我们又应该怎样讲述一个本身在持续变化、世界化的文学的历时故事？

辩证文史的历史诗学观念，可能正是化解这个悖论的对策。“世界中”本身就是一种历史观，并且具有强烈的现代意识，将历史的“进程”视作变化的经验展开的“过程”。在这个过程中，历史的原生样态是杂乱无章的，在表象的时间顺序下呈现松散若离的关联；历史的故事叙述却是几经编排的，是主体以混乱无序、瞬息万变的外部世界为对象的叙说，也是对这种无序与变化的认知。无论是只言片语还是史笔恢宏，讲述（书写）既是文学性的叙说活动，也是认识论层面世界与“世界中”的再现——通过讲述，人类主体将世界与历史的变化无序转换成可以用来交流的文化序列。在此意义上，文学本身就是历史，是历史主体作为“叙事人”（homo narrans）的讲述，与中国传统“诗史”概念，与王德威从“世界中”的概念推导出的“文”之定义恰相吻合："'文'不是一套封闭的意义体系而已，而是主体与种种意念器物、符号、事件相互应照，在时间之流中所彰显的经验集合。"[1]文学史书写的特殊性就在于要对原本就是历史"讲述"的"文学"进行编排，是关于讲述的讲述，关于历史的历史。无序的史实与有序的讲述需要同时得到情节化处理——或者按照王德威在《哈佛文学史》里的做法，在群星错置的"星座图"上陈列互为文本的历史事实与历史故事，把文学史建构与虚构的任务交付给了有心解读"现代中国"这个庞大文学文本的读者。

王德威反复强调："这部文学史不是传统意义上'完整'的大叙事。它创造了许多有待填补的空隙。因此，读者得以想象，并参与，发现中国现代文学中蕴含的广阔空间，或更重要的，一个'世界中'的过程。"[2]这部文学史的最终完成，其实有待于读者的想象与参与。一般而言，传统文学史的书写者，更多的是历史阐释者，文学史书写是伽达默尔所谓的"时间距离"[3]的阐释学，希望最大限度地摆脱主体的影响以追求客观真实公正，达到阐释的共同性与公共性，完成所谓的"信史"；然而，《哈

[1] 王德威：《导论："世界中"的中国文学》，《哈佛新编中国现代文学史》（上册），麦田出版，2021年，第39页。

[2] 王德威：《导论："世界中"的中国文学》，《哈佛新编中国现代文学史》（上册），麦田出版，2021年，第52页。

[3] 伽达默尔：《真理与方法：哲学诠释学的基本特征》，洪汉鼎译，上海译文出版社，2004年，第646页。

佛文学史》却为我们展现了另一种文学史书写的叙事模式，打开了文学史阐释的巨大空间，曾经以信史为追求的书写者，却殷殷探问那些传统文学史“不能企及的欲望，回旋不已的冲动”如何以“以不断渗透、挪移及变形的方式”[1]共同构成了文学史的“星空图”。书写者与读者的参与互动，“文”与“史”的辩证对话，历史的偶然和幽隐的现代的碰撞，构成这部文学史的迷人面向。正是在这种互动与对话之中，我们可以铭记中国现代文学表现现实、记忆历史的巨大努力，聆听“世界中”的中国现代文学众声喧哗的独特声音。

原载《当代作家评论》2021年第3期

[1] 王德威:《被压抑的现代性》，宋伟杰译，麦田出版，2011年，第26页。

现代性的逾越
——王德威的《为什么小说在当代中国如此重要》

在1997年首次出版的英文著作《被压抑的现代性》末尾，王德威追踪完狭邪、公案侠义、谴责、科幻四种晚清小说文类，转向20世纪末的华语文坛。在他的考察中，20世纪末中文小说中丰富多重的现代性，分明透映着19世纪末“被压抑的”绚烂印痕。这个不无怀旧的结论暗含了作者对新世纪中国小说走向的期待抑或预言：中国小说终将冲破“五四”单一叙事典范的束缚，重新实现现代性的众声喧哗。

2020年，王德威出版了由他在布兰代斯大学曼德尔人文讲座的授课内容集结而成的英文新作《为什么小说在当代中国如此重要》(*Why Fiction Matters in Contemporary China*)。在这本书中，他接续此前的世纪末小说观察，对世纪之交以来中国小说叙事倾向的发展进行了系谱学和主题学的考察，在“当代”的坐标上重新审视中国叙事文学的现代性走向。

熟悉王德威作品的读者很难不对他独具修辞特色的理论风格印象深刻。他总是善于使用[illegible]词汇为各种文学现象与抽象命名，用回旋往复的辩证性论调提醒我们，不仅是文学文本，批评与理论文本也是具有对话性的。就这部本身从口头讲说演变而成的论作而言，他的行文布局渗透着尤为强烈的观众意识。开篇以“讲好中国故事”的实政指示为起点，铺叙小说与当代中国众所瞩目的重要关系。中间三个章节分别围绕三个同词缀的英文术语，展开有关中国新世纪以来叙事文学发展面向的讨论。最后一章重审作者本人在2004年以“历史怪兽”为标题的论著框架（*The Monster That Is History: History, Violence, and Fictional Writing in Twentieth-Century China*），重新揭幕现代性（modernity）与怪兽性（monstrosity）的辩证，在迂回的文字游戏中探索历史与小说的互动关联。于是，当我们来到本书名曰“小说怪兽”的结局，我们不得不在惊叹当代中国小说瑰丽风貌之余，也惊羡王氏文论不亚于文学创作的起承转合。

不过，无论是作为演讲还是书稿，这番有关“中国故事”的讨论主要面向的是来自英语世界非中文专业的观众和读者。王德威按照一贯的论证思路，毫不掩饰对西方后现代理论的偏爱。第一章有关“小说”概念的理论综述在重点介绍了从梁启超到鲁迅和沈从文的中国现代小说观之后，他转向当今欧美比较文学学科久盛不衰的理论资源库，列举了韦伯、阿多诺、本雅明、阿伦特、巴赫金、德勒兹、阿甘本等人的说辞。具体分析的过程中，他注重以尽可能简单的概述，把原本晦涩的理论术语直接地运用到对中国文学的观察上。比如讲到中国小说“越界”的政治学时，他联系德勒兹的“解辖域化”来解释李锐的《张马丁的第八天》和韩松的《火星照耀美国》等21世纪中国小说中跨越地域、国别、宗教、文化乃至时空界限的爆发力，但几乎完全省略了对“解辖域化”的概念解析[1]。这种写法虽然不免有理论先行之嫌，其实是明确了美国汉学家运用对西方文学读者来说更为熟悉的概念，来解读陌生中国文学现象的基本立场。相反，常识性的中国文化符号往往得到了尤其详尽的注解（如《西游记》）。如此看来，作者意图里的核心读者群应是一个对当代中国和中国文学有兴趣的西方群体。

面向这样的海外读者，王德威提出了标题中醒目的问题：“为什么小说在当代中国如此重要”。在陈列了种种有关当代“中国故事”的讲述之后，他也把问题转化成了“什么样的小说在当代中国是重要的”。这两个问题共同的答案便是中间三章主题线索里出现的三种“逾越”（trans-）。对王德威来说，当代中国重要的小说——这里的“小说”可以直接和“中国故事的讲述”等同互换——是流动的，是可以逾越界限的。作为“越界”（transgression），小说得以逾越现有道德、理性、认知和政治律

[1] David Der-wei Wang, *Why Fiction Matters in Contemporary China*, Waltham: Brandeis University Press, 2020, 32.

法（nomos），直系外界与自我相“异”的他者，重写秩序与治理；作为“轮回”（transmigration），小说能够逾越人类生存的界限，探索人类与其他物种、其他存在之间的关联，是超越以人类活动为中心的“人类世”（Anthropocene）并走进“后人类”想象的一种方法；作为“透视”（transillumination），小说可以逾越启蒙之“光”的现代神话，在光明与失明的辩证中凝视璀璨深邃的黑暗。在三种“逾越”的特征分类下，王德威在书中遴选解读的当代中国小说共同呈现一种流动性的叙事美学特征。故事和叙事自由地越过各式各样的边界，在一片融合文学与现实的时空中穿流交错。这些自由地讲述“中国故事”的尝试，在当代中国是“重要”的。同样地，小说在当代中国之所以重要，也是因为它装载着一种不断逾越界限的自由。

然而，如果我们反观虚构文体，小说的“自由”似乎是不言而明的。无论是写实摹仿还是天马行空，小说本身就具备跨越虚实界限的基本属性。就中国文学而言，晚清至五四时期小说崛起的重要意义就在于其对传统语言与文化禁锢的逾越。早在一个世纪以前的现代中国，小说已经开始承载打破社会与个人桎梏的潜力。这种潜力可以演变成王德威反复援引的“支配人道”的“不可思议之力”（梁启超语），也可以化作多样的叙事想象，召唤多重现代性的迸发。一个世纪以后，挣破束缚、逾越界限的潜力仍然统摄着当代中国的叙事尝试。小说依然如此重要，其重要的原因与百年前如出一辙。从这个角度来看，王德威给出的回答似乎并没有太多针对“当代”中国的特殊启示。

那么，这本书中为当代中国小说勾勒的几种“逾越”，较之上世纪，确实全无新鲜之处吗？事实上，王德威的理论假设从一开始就已经逾越了世纪的门槛。他讨论的主要文本都是上世纪末至今的作品，试图揭幕的当然也是新世纪当代中国小说不同于上一个世纪的新的生态。然而，他关注的“当代”并非文学史意义上固化的发展周期。正如他在本书的题解中明确表示，这里的“当代”沿用的是阿甘本在20世纪末给出的定义，一种辩证性的“不合时宜”（untimely）。当代小说不是在固定的此刻再现当下的历史，而是在流动的时间性里见证现实的呈现。因此，当他在探讨当代中国小说如何越界、轮回、透视，或者说如何逾越秩序、人本和启蒙的时候，他已经将一种流动的、不合时宜的、当代性的“逾越”写入了新世纪中国小说的特质。换句话说，“逾越”是当代中国小说的一种姿态。当代小说的重要性在于它不仅逾越从上世纪延续至今的种种界限，它还企图逾越上世纪中国对“现代”的执迷。

不难发现的是，书中三种“逾越”指向的秩序、人本和启蒙正是现代性的三种表征。我们可以简单梳理一下这三种“逾越”。讨论第一种“越界”时，王德威聚焦中国小说中的“异者”（alien）。这里的“异者”包括异域外来的他者和流放异乡的自我，其基本身份特征就是作为一个与所处环境相“异”的入侵主体或流亡主体，对既有边界的跨越。无论是《张马丁的第八天》这样在19世纪末异国传教士来华的历史坐标上展开的虚构，还是严歌苓的《陆犯焉识》一类书写新中国知识分子“异化”经历的历史悲喜剧（melodrama），抑或是刘慈欣的《三体》、韩松的《医院》三部曲、吴益明的《复眼人》等有关外星异形的科幻想象，“异者”在小说中的每一次出现都意味着秩序——尤其是所谓现代秩序的动荡。于是，在讲述这些“异者”故事的过程中，叙事主体得以探索国家、宗教、政治、伦理、科技等现代治理体系的边界，书写越界。

到了第二种“轮回”，王德威从莫言小说《生死疲劳》中主人公转世后的畜牲视角讲起。在他看来，当代中国小说实践中的人类中心观念正在动摇，因为这些小说挑战的正是以“人的文学”为基本坐标的中国现代文学，或者说以人为本的现代性典范。其实，这条线索在很久以前就已进入作者的学术视野。比如他在考察20世纪末中国小说“鬼魅叙述”时，已经指出鬼魂书写传统在五四时期发生断裂，与“反映人生”的现代文学范式格格不入。[1]在这一章中，除了继续考古中国文学中的鬼魂主题，王德威还讨论了作为历史“鬼魂替身”的“乌有史”（uchronia）写作，包括香港作家陈冠中的《建丰二年：新中国乌有史》和马华作家黄锦树的《犹见扶余》。此外，他还加入了其他两种大致可以被纳入“后人类”研究范畴的小说主题：一

[1] 参看王德威:《历史与怪兽：历史、暴力、叙事》，麦田出版，2004年。

种关于小说如何处理人和动物的关系，另一种涉及人类死亡与文明消亡之后的存在。

单从主题学的布局来看，我们很难确定这几类小说究竟能否被放到“轮回”的关键词下一并讨论。不过，在这种大胆的归类尝试下，王德威成功地将近年来全球人文学科热点领域的重要维度，比如生态文学和“后人类”，纳入了有关中国文学的讨论。同时，这一主题下相应小说文本的择选也体现了他个人在中国现代文学史研究领域的理论尝试。比如在考察小说中的动物时，他重点分析了回族作家石舒清的《清水里的刀子》、藏族作家次仁罗布的《放生羊》和台湾兰屿达悟族作家夏曼·蓝波安的《天空的眼睛》，指出这些文本对人类中心主义观念不同程度的解构。有意思的是，王德威在这里将以人类为中心（anthropocentric）的固化写作范式和以汉民族文化为中心（ethnocentric）的中国小说联系在一起，提出少数民族作家在处理动物和人的关系时，比汉族作家更倾向于打破以人类为中心的动物寓言式叙事框架。这个观点的内部逻辑其实和上一章的“异者”一样。作为与主流汉文化相“异”的他者，少数民族文学本身就在改写主流文化的既定秩序，书写生态时也自然更容易打破这种秩序中固有的规则，比如人与其他物种的优胜等级。尽管这个话题没有完全展开，生态文学的理论化论证也尚待补充，但是这种假设一方面将中国小说研究引向了当代人文学科的前沿，另一方面也回顾了王德威近年来围绕“华语语系”的理论尝试。华语语系的观念旨在打破地理疆域和民族语言的边界，将中国现代文学范畴在“世界中”的动态中扩张。[1]王德威在这里聚焦少数民族动物书写，除了呈现当代中国小说对人本中心主义的超越，或许也有意将原本位居中国现代文学外缘的少数民族文学挪移到另一个去中心化的“华语语系文学”版图。

当然，超越人本中心主义的书写倾向并非只在“轮回”一章中得到讨论，而是贯穿了本书的三种“逾越”。王德威在前一章“越界”中列举科幻作品时已经触及“后人类”想象对人类秩序的超越。在最后“透视”一章中，以人为本的观念又一次受到来自华语小说的挑战。王德威列举的作品是台湾作家骆以军的《匡超人》。小说从主人公身体上的一个黑洞写起，跨越人类与地球的边界，写到宇宙的黑洞。不过，这部作品与“透视”主题的真正关联还是在于“黑洞”这个关键词的黑暗意象。“透视”（transillumination）原本是个医学术语，即运用特殊光线进行医学观察。王德威从这个技术术语暗含的光暗逻辑延伸出去，提出中国当代小说的“黑暗诗学”（poetics of darkness）不仅打破了启蒙之光的现代隐喻，还将一种更为广阔的“幽暗意识”注入时代、人性与宇宙内外的思考。除了《匡超人》以外，被纳入“黑暗诗学”代表作的还有阎连科的《日熄》和迟子建的《世界上所有的夜晚》。前者在一个具有末日狂欢意味的民族

[1] 王德威：《导论：“世界中”的中国文学》，《哈佛新编中国现代文学史》（上册），麦田出版，2021年。

寓言中重写日光与日熄的光暗辩证，后者在暗夜的讲述中直视死亡，在个人、集体乃至生态的创伤中寻找救赎。在王德威看来，这些当代的“黑暗”书写颠覆了现代性的启蒙信条与叙事范式，在黑暗的主题意象中探索一种“宣告着中国后现代的认知玄学”[1]。在黑暗之光的“透视”中，小说家揭露的不再是一个病入膏肓的现代中国。他们克服了“感时忧国”[2]的执迷，在一个更广阔的文学时空里想象中国，逾越现代。

越界、轮回和透视作为当代中国小说的三条主题线索，分别质疑了现代性的三个面向：秩序、人本和启蒙。至此，作者已经完整地回答了题目中的问题。小说的非凡意义在于它不仅是“虚构”（fiction）对现实的超越，也是对所有权威的逾越，包括以上列举的几种现代性的权威形式。这种逾越的姿态属于阿甘本所谓“不合时宜”的“当代”，也构成了当代中国小说最动人的面向。小说是具有当代性的自由的讲述。小说家在讲述当代中国故事的同时，也赋予“讲述”这种古老的人类活动独具超越性的当代精神。

那么，既然当代中国小说叙述的重要性在这三种“逾越”中得到彰显，这是否也意味着这本书正在把我们带向一个把人类重新概念化为“叙事人”（homo narrans）的世界图景？根据

---

[1] David Der-wei Wang, *Why Fiction Matters in Contemporary China*, Waltham: Brandeis University Press, 2020, 153.

[2] 夏志清：《中国现代小说史》，刘绍铭等译，香港中文大学出版社，2015年。

人类学的叙事理论，所有的人类交流活动都是叙事活动，人们通过讲故事与聆听故事生活，在叙事中编制世界与自我的形象。[1]王德威为当代小说勾画了三种“逾越”主题，除了展现虚构性的叙说活动在当代中国的重要意义，或许也同时在梳理有关“叙事”本身在经验世界与本体论层面的思考：什么是叙事？叙事可以作为人类认知可靠的理性经验吗？当叙事主体与历史主体重合，小说与虚构是否必须重组历史的偶然无序？在这个过程中，叙事是否也在孕育一种权威，一种秩序，甚至一种暴力？

在这些问题中，本书的结尾回到了王德威在2004年就已经基本铺叙完毕的叙事伦理。最后一章“小说怪兽”，王德威在《历史与怪兽》中从远古神话里打捞出来代称“历史”的怪兽“梼杌”又一次出现。怪兽梼杌怪诞残暴，凶劣邪恶，是一种“人与非人的混合”，全然脱制于人类道德法则。在中国文化历史系谱里，梼杌也可以投射同样幻魅多变的“历史”和“小说”。王德威从这一文化意象攫取灵感，阐发了有关20世纪中国历史暴力及其叙述（再现）的问题。到了《为什么小说在当代中国如此重要》的结尾，“小说”也露出了梼杌凶暴恣睢的面孔。在王德威看来，无论是历史还是虚构，当“叙事”不得不充当再现暴力的形式，人类的叙说活动本身就会脱离人性的界限，会被

[1] Walter Fisher, *Human Communication as Narration: Toward a Philosophy of Reason, Value, and Action*, Columbia: University of South Carolina Press, 1987.

附上恶魔式的暴戾印痕。于是，我们在有关“小说怪兽”的解析中重新读到了王德威十多年前对“历史怪兽”完全相同的陈述：“在梼杌——作为怪兽、弃儿、邪恶的历史记载和虚构的代表——反常而多态的中介下，我们或许会发现自己一面想象着过去的非人道，一面期望着去实现一个几乎无法想象这种非人道的未来。我们可能会意识到，如果没有对过去和未来非人道行为的想象，我们就没有准备好在它的下一个化身中辨认它。正因如此，所有的现代性都背负着原始野蛮的烙印。”[1] 小说“逾越”的潜力与叙事的暴力共生，现代性的逾越同样见证着怪兽的复归。

通观全书，我们可以看到王德威此前不少理论观点和论证的再现，尤其是在最后一章的讨论中。“小说怪兽”大致可以被看作“历史怪兽”的替身，作为叙事的分身，见证并体现诸种邪恶、颓废、失范。尽管这种自我重复式的写作（讲说）多少削弱了本书论述的连贯性，但它并不妨碍我们关注王德威在这本给西方大众读者的书中依然坚持探索的持久的治学主题，即小说与历史，文与史的互动关联。当小说与历史成为同一怪兽的两副面孔，一起记录、理解和想象人类历史的暴力——那些“现代化进程中种种意识形态与心理机制……所加诸中国人

[1] David Der-wei Wang, *Why Fiction Matters in Contemporary China*, Waltham: Brandeis University Press, 2020, 160.

的图腾与禁忌”[1]——小说与历史的疆域也不再泾渭分明。王德威以史家的眼光重组当代文学批评，在21世纪中国小说的三种“逾越”中找到了属于当代小说叙事与历史想象共同的自由。

原载《读书》2022年第10期

[1] 王德威:《历史与怪兽：历史、暴力、叙事》，麦田出版，2004年，第5页。

失序与秩序之间
——胡志德的清末民初现代性文化图景

在英语世界中国现代文学研究领域，有关“现代性”的讨论往往伴随执着的全球文化史想象：中国的现代性是“被译介的”，是跨语际实践中对西方概念与思想的重构；[1]它是“被压抑的”，是19世纪末中国在对另一种西方现代性典范的追求中，被遮蔽的多重可能；[2]它是“未完成的”，是20世纪中国现代性在与其共生的大都会“摩登”文化经验中，不断遭遇的历史断裂；[3]它是极具诱惑力的文化话语，在中国半殖民地主义的语境下构建地区与全球、民族与世界的关联。[4]在“沟通全球现代与

[1] 刘禾：《跨语际实践：文学，民族文化与被译介的现代性》，生活·读书·新知三联书店，2008年。

[2] 王德威：《被压抑的现代性》，宋伟杰译，北京大学出版社，2005年。

[3] 李欧梵：《上海摩登：一种新都市文化在中国 1930—1945》，毛尖译，北京大学出版社，2001年。

[4] 史书美：《现代的诱惑：书写半殖民地中国的现代主义（1917—1937）》，何恬译，江苏人民出版社，2007年。

地方现代”[1]的对话的努力下，海外汉学研究主体讨论中国文学与文化现代性，总是将其置于一种世界性的文化弥散与扩张当中，与此同时审视“现代性”概念在中国语境中的内涵与外延。

如果说海外视角下的中国“现代性”观察势必着眼于世界性的历史文化关联，也就是将中国“现代性”的发生归为一种“全球化”的历史遭遇，那么，考察中国现代性的历史焦点自然容易落向以“西方化”为社会逻辑指向的清末民初。自20世纪60年代美国汉学家芮玛丽指出清末民初是中国社会文化史戏剧性的分水岭，[2]西方汉学界逐渐重视这个特殊历史时期的文化张力。特别是20世纪90年代之后，纳入晚清文学实践已经成为海外中国现代文学研究的考察趋势。[3]比如王德威在《被压抑的现代性》中发现晚清文学中丰富多重的“现代性”在“五四”启蒙的主流话语中被压抑，便是最为海内读者所熟知的成果之一。

不过，就概念性的呈现而言，晚清“现代性”在王德威的研究中始终游移在一种“时代错置”（anachronistic）[4]的文学图

---

[1] 季进、余夏云：《英语世界中国现代文学研究综论》，北京大学出版社，2017年，第59页。

[2] Mary Wright, “Introduction: The Rising Tide of Change”, in Mary Wright (ed.), *China in Revolution: The First Phase, 1900–1913*, New Haven, CT: Yale University Press, 1968.

[3] 参看陈建华主编：《飞翔的旅驿：清末民初文学与文化》，商务印书馆，2023年。

[4] 王德威：《被压抑的现代性》，宋伟杰译，北京大学出版社，2005年，第29页。

景里，因此也在很大程度上停留在它模糊的能指属性上。胡志德（Theodore Huters）曾指出王著标题背后错置的时代观念和存疑的范畴意识。标题中复数的“现代性”（modernities）一词将晚清预判为五四时期中国追赶世界的“史前延伸”（backward extension），把晚清视作一段具有过渡属性的“‘现代性’的前奏”（prelude to “modernity”）。[1]这种观念反映的是僵化而模糊的“现代性”概念，即，将“现代性”视作具有普遍性因而一成不变，同时又在本质上对立于先前定义的消极能指。相反，胡志德拒绝将中国近代认作通向某种预先定义的现代性概念的过渡，强调这是一个本身不断生产概念、意义和价值的历史阶段。

这个阶段——胡志德根据甲午战争和五四运动这两个重要历史事件清晰地划定为1895年至1919年（不同于王德威考察中的1840年至1919年）——充斥着巨大的不确定性，与西方冲撞的焦虑，与世界交流的渴望。同王德威从20世纪末回望19世纪一样，胡志德在21世纪初对清末民初的考察也包含从他写作当下，对百年前中国社会文化场域中的精神动荡的反观。在2005年专著的导言中，他针对1990年代中国社会的一句宣传口号“中国走向世界，世界走向中国”设问：在民族与世界的双向运动当中，究竟是否存在某个“抵达”的瞬间？通向最终“抵达”

[1] Theodore Huters, *Bringing the World Home: Appropriating the West in Late Qing and Early Republican China*, Honolulu: University of Hawai'i Press, 2005, 4.

的过程中，又会呈现出怎样的现代文化图景？[1]

这些问题一直延续至今，并且在胡志德本人的学术思考中形成了一种显性的研究脉络。光是并置2005年的专著《把世界带回家：西学中用在晚清和民初中国》（*Bringing the World Home: Appropriating the West in Late Qing and Early Republican China*）与2022年新著《把中国带向世界：现代性的文化生产》（*Taking China to the World: The Cultural Production of Modernity*）的主标题，我们就能看到中国与世界的双向运动—— 一种热烈、偏执而焦灼的现代性追求——在何种程度上主导了作者对清末民初现代性的文化想象。对胡志德来说，无论是向内回归（带回家）还是向外出走（带向世界），世界性的动态冲撞与交流标志着中国在1895—1919年这个历史阶段面临的现代性挑战，要求民族在剧烈的历史动荡中，迅速展开文学、文化、文明结构的重塑。本文以胡志德聚焦清末民初的两部专著为对象，评述该时期中国的现代性文化图景是如何在这位汉学家的学术思考中勾画成形的。

一、“现代性”：弥漫焦虑的话语空间

在2022年《把中国带向世界》的导言中，胡志德如是陈述

[1] Theodore Huters, *Bringing the World Home: Appropriating the West in Late Qing and Early Republican China*, Honolulu: University of Hawai'i Press, 2005, 5–6.

新著与十多年前“迥然不同的视角”：

> （2005年的《把世界带回家》）主要讨论（晚清）虚构小说叙事中，以西方为代表的挑战如何限制（中国文化的）出路，从而反映晚清社会变革面临的现实挑战。相反，此项研究不再仅仅关注中西碰撞带来的创伤，而是着眼于“现代性”所带来的挑战。时至今日，“现代性”的概念都是中国社会的主话语（master discourse）。因此，它既是文化冲撞的契机，也是其结果。[1]

这段话中，胡志德不仅澄清了个人对其研究对象——清末民初的文化图景——如一的学术考察并非自我重复，还明确了两个海外汉学惯用的构图视点：世界性与现代性。《把世界带回家》是从中国的世界性遭遇出发，集中讨论西方影响下的中国文化转型，关注的是在民族主义浪潮下执行西学中用、破旧立新的时代任务过程中，中国知识分子内心的矛盾、焦虑与痛苦。这一视点下，胡志德着重考察该时期标志性的小说创作文本（如吴趼人的《二十年目睹之怪现状》和《新石头记》），描绘了一幅联结文学史与思想史的镜像式图景：西学与西化的迫切需要同时显现在文学文本内外，一种高度焦虑的“民族／世

[1] Theodore Huters, *Taking China to the World: The Cultural Production of Modernity*, Amherst, New York: Cambria Press, 2022, 3.

界”关系于焉成形。[1] 同样的焦虑也弥漫在《把中国带向世界》中早期的文化场域。只是不同于前者，胡志德把这个场域的中心坐标交给了一个从19世纪开始游荡在中国社会的“真正的幽灵”：现代性。[2]

对胡志德而言，“现代性”概念本身若隐若现的模糊性构成了这个坐标最显著的幽灵气质。无论是中国还是西方，“现代性”都很难被赋予一个稳定的定义，而更多是一堆相近的、游移不明的能指：现代性、现代主义、现代化。在中国文学研究领域，“现代性”的含混属性尤为突出，主要体现在“现代性”与“现代主义”两个语词的混淆和中国语境的缺席上。[3] 胡志德对“被压抑的现代性”的批评便是基于王德威对两种概念有意无意的融合。他指出，王著考察的晚清小说中的多重“现代性”实际是审美意义上多种形式的“现代主义”；同时，单纯将现代性定义成“求新求变”，又反映了一种因追求普遍意义而导致“去历史化”的理论倾向。[4] 换言之，王德威的晚清现代小说研究恰好反映了当代学界讨论中国“现代性”时，两种普遍的概念化

---

[1] 参看 Theodore Huters, *Bringing the World Home: Appropriating the West in Late Qing and Early Republican China*, Honolulu: University of Hawai'i Press, 2005, 123–172。

[2] Theodore Huters, *Taking China to the World: The Cultural Production of Modernity*, Amherst, New York: Cambria Press, 2022, 11.

[3] Theodore Huters, *Taking China to the World: The Cultural Production of Modernity*, Amherst, New York: Cambria Press, 2022, 16–17.

[4] Theodore Huters, *Taking China to the World: The Cultural Production of Modernity*, Amherst, New York: Cambria Press, 2022, 15.

缺失："现代性"没有足够清晰的概念辨析，也没有真正联系中国历史语境的界定，只有幽灵式的游荡。

胡志德的这种批评观念是存在一定偏颇的。暂且不论他列举的海内外中国现代文学思想研究全部集中在单一的文学学科，[1] 因而很难代表整个中国学研究界的境况，他一再强调的现代性概念的复杂性本身就意味对含混多元路径的兼收并蓄。另外，强调中国语境和历史化的考察背后，其实预设了中国必定存在中国自身、本土的现代性，尽管这个命题远非不言自明。即便如此，胡志德对"现代性"概念的审视对他重构清末民初的文学文化版图至关重要。因为在这幅版图中，正是对一种语焉不详的、幽灵式的"现代性"话语的求索，促逼身居历史现场的文学主体发生文化转向，从而催生了一个庞大多元的话语空间。

我们可以简单梳理一下胡志德从概念出发的历史思考。胡志德的出发点是两种现代性的区分：一边是韦伯代表的理性主义现代性，注重工业、生产、资本、技术、政体等社会运作层面的进步与合理化，目的是建立一套具备高效组织形式的现代秩序；另一边是马克思所说的"烟消云散"的现代性，指向的是资产阶级时代充斥着各种变化、动荡与不确定性的现代社

[1] 胡志德主要列举辨析的中国现代性文化研究来自汪晖、王德威、杨联芬、董丽敏、唐小兵、史书美、魏简（Sebastian Veg）和安敏成（Marston Anderson）等。

会属性。[1]在晚清中国的语境中，前者是存亡之际，西方参照系中与“富强”等同的“现代化”（modernization），是西学中用的发展目标；后者则对应一种与西方知识文化界平行的文化心理，即美学意义上反映现代主体精神动荡的“现代主义”（modernism）。前者立足于政治与经济，后者归宿于艺术与文学。前者象征着秩序，后者意味着失序。

这套区分两种现代性概念的说辞在中国文学现代性研究领域并不新鲜。比如李欧梵曾引查尔斯·泰勒区分非文化（acultural）的文化（cultural）的两种现代性理论——前者对应韦伯的工具理性传统，后者对应马克思的动荡变化——来解释中国现代性的历史特殊性。[2]事实上，胡志德在书中援引的几位中国学者也都对“现代性”概念中，矛盾对立的两重性进行过类似阐述。[3]相对而言，胡志德的现代性概念区分最具创新性的部分是在于他不仅将两种现代性视作中国社会文化的两种矛盾的走向，而是把两种现代性之间徘徊不定、含混不清的领地判定给了清末民初的文学场域：一个在失序与秩序之间，弥漫焦

---

[1] Theodore Huters, *Taking China to the World: The Cultural Production of Modernity*, Amherst, New York: Cambria Press, 2022, 18-19.

[2] 李欧梵：《未完成的现代性》，北京大学出版社，2005年，第1—2页。另见Charles Taylor, “Two Theories Of Modernity,” *The Hastings Center Report*, Vol.25, No.2, 1995, 24-33。

[3] 参看杨联芬：《晚清至五四：中国文学现代性的发生》，北京大学出版社，2003年，第1—11页；汪晖：《韦伯与中国的现代性问题》，《汪晖自选集》，广西师范大学出版社，1997年，第1—35页。

虑的话语空间。

胡志德指出，现代性的涵义在西方知识界也是游移的，但它整体是从韦伯的理性现代性向“烟消云散”的未来游移；相反，中国的现代性与大多数“非西方”社会雷同，是在王纲解纽的不确定的时代，以一种明确的西方理性主义现代性为目标，从不确定向确定，从失序向秩序的发展。[1]1895年中日甲午战争以后，西方理性现代性的典范地位更加凸显。中国文学主体在投身于理性现代性典范的追求的同时，也陷入了胡志德在《把世界带回家》中就描绘过的前所未有的“困局”，即在热烈投身于现代化变革的同时，担心以工具理性为导向的现代变革会对中国文化与文学带来不可逆转的损害。[2]因为不同于亟须重建新秩序的政治经济变革，文学与艺术本应是另一种失序的美学现代性或现代主义的栖息地。在这片土地上，稳定守恒的理性主义现代性既是存亡救国的历史方向，又是禁锢精神的牢笼；它是中国社会发展的秩序目标，也是排斥失序的美学规范：

> 单一固定的现代性无力区分其内部稳定与不稳定的分

[1] Theodore Huters, *Taking China to the World: The Cultural Production of Modernity*, Amherst, New York: Cambria Press, 2022, 20.

[2] “困局”（impasse）一词在胡志德的两部专著中频繁出现，用以形容清末民初中国思想文化界进退两难的窘迫处境。参见Theodore Huters, *Bringing the World Home: Appropriating the West in Late Qing and Early Republican China*, Honolulu: University of Hawai’i Press, 2005, 2。

支，抑或积极与消极的影响。对这种单一现代性的追求，很大程度上可以用于解释中国极力清除现代概念分歧的需要。……（“五四”）对西方确定的“新”观念的向往，在晚清改良思想话语中就已经开始孕育发展。这些思想与混乱式微的中国社会形成鲜明对比。由于它们在西方被认为是成功的、确定的，中国在明确的理性现代性与含混现代性之间，很快选择了前者。……换言之，在对确定性的追寻中，一切隐含在现代主义概念中危险的流动性，都从现代主义的概念中，或者说从马克思的“现代性”概念中被清除了。[1]

在一种现代性对另一种现代性的压制下，在现代化的合理秩序对现代主义的失序美学的抵触下，中国文学主体应对“西学中用”的姿态必定是极度矛盾且焦虑的。一方面，文学顺应追赶西方理性现代性的潮流，必须在崭新的现代社会承担社会改良的功能，废旧立新，重建现代文化秩序；另一方面，努力跻身理性现代与世界潮流的文学主体很快就会发现，这种追求与文学现代性本身趋向动荡、含混、失序的属性互斥。与此同时，有关民族即时生存的诸多问题早已为中国社会的现代化进程——也是文学主体遭遇现代性的现场——组绘了一幅“沉重

[1] Theodore Huters, *Taking China to the World: The Cultural Production of Modernity*, Amherst, New York: Cambria Press, 2022, 25–26.

冷峻的灰色背景”。[1] 民族主义的意识形态底色下，中国文学主体徘徊于两种矛盾互斥的西方现代性体系之间，在极具压迫性的“疏离感”（isolation）中，应对着本土文学变革和文化转化的必然性与不可能性，迈进了一个“弥漫着焦虑不安的全新文学场域”[2]——“现代性”的话语空间。

二、“世界性”：观同求显的踟蹰

从“现代性”概念模糊的界定与矛盾的双重定义出发，胡志德在《把中国带向世界》中呈现了一幅同样模糊、矛盾，因而焦虑四溢的晚清文化图景。韦伯的理性主义现代性亟须中国以确定的、实用高效的西方实践为参照，求新求变，向一个稳固的新文化秩序改革；然而，在向秩序发展的过程中，文化主体时刻面对着来自隐于“现代性”概念本身的逆流：现代主义不确定的消散与失序。无论是向西方现代叙事看齐的小说家（如吴趼人），译介西方新知的思想家（如严复），还是在“文学”概念变迁的“喧寂”中倍感疏离的诗文作家（如陈衍），抑或同步塑形现代文学机制的知识分子（如杜亚泉），晚清文化场域中的文学主体都在同时追逐现代的规范与失范，都在一种焦灼不

---

[1] 许纪霖：《中国现代化的历史反思》，《许纪霖自选集》，广西师范大学出版社，1999年，第17页。

[2] Theodore Huters, *Taking China to the World: The Cultural Production of Modernity*, Amherst, New York: Cambria Press, 2022, 74.

安的心理挣扎中开展他们的文化实践。现代性的文化生产不可能仅仅停留在工具理性的思想范式，而是必须同时向另一种“烟消云散”的现代性进发——尽管在救亡图存的时代压力下，中国思想文化界急迫效仿的理性现代性始终压制着不确定的审美现代性。反讽的是，向被压抑的后者进发，才是真正与西方同向、与世界同步的现代性追求。

在这个过程中，“现代性”的坐标迂回地向另一个“世界性”的中心坐标靠拢，甚至偶尔合并为一。恰如胡志德所言，“中国追求的与其说是现代性，不如说是取得进入世界现代性的资格”。[1] 无论追逐哪一种现代性，中国现代性的目标是与世界接轨，把世界“带回”中国或把中国“带向”世界——中国在两种“现代性”之间游移的同时，也留下了与世界双向互动的轨迹。因此，《把中国带向世界》的每一个章节都散落着早在《把世界带回家》中就开始并置的现代经验与世界经验：第一章梳理“现代性”概念，指出两种现代性走向与世界性走向在中国的并行；第二章聚焦“文学”一词，表明“文学”获得现代意涵的方式是向世界看齐；第三章写现代语言革命激烈地要求“透明”的白话文取代艰深晦涩的文言传统，从而使中国顺利进入世界的现代话语体系；第四章探究严复在翻译中溯寻中国传统观念，完成西方概念的跨语际转化；第五章讨论现代文学精英如何加

[1] Theodore Huters, *Taking China to the World: The Cultural Production of Modernity*, Amherst, New York: Cambria Press, 2022, 25.

剧通俗文学与纯文学之间的分裂；最后一章观察清末民初的商务印书馆作为西学新知的文化商业机构，如何在现代转型中改革。总体来看，《把中国带向世界》从“现代性”出发，描绘的图景同《把世界带回家》围绕西学中用之“世界性”视点铺展成形的“焦虑的图样”（pattern of anxiety）[1]相仿——焦虑来自变化，来自两种现代性之间的动荡，也来自晚清现代性与世界性并行的纠结。

在这幅文化图景中，有一位人物位居中心。作为晚清西学中用的知识文化主体代表，严复一直是胡志德密切关注的对象。两本专著都用一整个章节的篇幅讨论严复：前著第二章《转化：再观严复与西方思想》评析严复在1895年甲午战争前后写的四篇时政杂文，新著第三章《“旬月踟蹰”：有关严复及其翻译的进一步思考》聚焦严复1903年的译作《群己权界论》。不管是作为时政批评家还是作为翻译者，严复始终站在中国与现代世界冲撞的前线，在跨语际实践中踽踽独行，寻找中西思想体系间共通的事物，同时也在这个过程中陷入了一种标志性的时代困境：

> 一方面，他（严复）无法想象他如此急于引入的西方

[1] Theodore Huters, *Bringing the World Home: Appropriating the West in Late Qing and Early Republican China*, Honolulu: University of Hawai'i Press, 2005, 10.

思想与本土思想之间缺乏最基础的相似性；另一方面，他也似乎并不认为中西思想的确是相似的。这样一来，严复就成了20世纪普遍存在的、全新的焦虑话语的首位发言人。这种话语的主导前提是：某些关键的西方思想是优越的，因而中国不得不引进这些思想。然而，与此同时，有一股同样稳定的暗流，始终在坚持文明互鉴的对等——如果西方思想能够在中国蓬勃发展，这就意味着，中国和西方的知识传统之间必定存在某种平等的关联。[1]

这段话是作者评析完严复的四篇政论之后，对严复的文化立场所做的总结。在胡志德看来，严复的文化立场是举棋不定的——他总是在矛盾的两极之间摇摆、踌躇、游移。[2]一极是功利主义逻辑下“全盘西化”的时代要求，也就是史华慈(Benjamin Schwartz)总结严复思想时所谓的“寻求富强”[3]；另一极是民族主义的情感需求下，对中西平等对话的迫切愿望，其表现是文化复古的保守主义倾向。前者强调中西差异和西学的相对优越，后者力求中西文化的道通同一。两极之间无尽的踌躇与游移，

[1] Theodore Huters, *Bringing the World Home: Appropriating the West in Late Qing and Early Republican China*, Honolulu: University of Hawai'i Press, 2005, 58.

[2] 胡志德在讨论严复的章节中反复使用wavering、hesitation、oscillation等意义相近的词语来形容这种矛盾而不确定的文化心理。

[3] Benjamin Schwartz, *In Search of Wealth and Power: Yen Fu and the West*, Cambridge, Massachusetts: Harvard University Press, 1964.

决定了严复高度不稳定的思想特征，同时将清末民初现代性的普遍焦虑笼罩在他所有的中西文化思考与文化实践之上，使他成为20世纪中国“焦虑话语的首位发言人”，也是胡志德想象中晚清现代性文化版图的中心人物。

值得注意的是，胡志德对严复的重视，主要是在于严复智识轨迹中的“不稳定性”（instability）[1]，几乎完全契合胡氏构想中，晚清现代性典型的文化地形。因此，胡志德对严复的审视与传统西方汉学界从“世界性”视角对严复的关注与评价存在明显的差异。史华慈曾指出严复对斯宾塞的歪曲，认为严复的翻译经过了自身思想的折射，在功利主义的紧迫感中聚焦中国缺少的富强，因而未能真正理解与传递西方自由主义的精髓。[2]胡志德同意史华慈的判断，但他强调严复功利主义的西学倾向从未真正脱离对中国传统思想体系（作为另一种与西方平等的价值体系）的依赖——甲午战争前后四篇重点关注中西“差异”的政论和八个月之后在《〈天演论〉译例言》中“观同”的决心就是直接的例证。[3]同样，胡志德不反驳列文森对严复思想

[1] Theodore Huters, *Bringing the World Home: Appropriating the West in Late Qing and Early Republican China*, Honolulu: University of Hawai'i Press, 2005, 73.

[2] Benjamin Schwartz, *In Search of Wealth and Power: Yen Fu and the West*, Cambridge, Massachusetts: Harvard University Press, 1964, 240.

[3] Theodore Huters, *Bringing the World Home: Appropriating the West in Late Qing and Early Republican China*, Honolulu: University of Hawai'i Press, 2005, 72.

局限的批评，即认为严复只是西方知识体系与普世价值的“反应者”（reactor）而非“行动者”（actor），[1] 但他指出严复本人从未主动构建某种普适性的价值体系，而是始终致力于调和中西思想文化资源，在引入西方思想的当务之急中，平衡士大夫阶层对国家民族的忠心。胡志德关注的重点不是严复是否在他的跨文化实践中成功地实现某种世界性的交流与融合，他关注的恰恰是这位本身就在经历传统士大夫向现代知识分子转型的思想家和翻译家不得不面对的晚清现代性与世界性“困局”：当“世界性思想的本土转化既是意识形态上的亟需，又是实践的不可能”。[2]

严复看到了中西交流的不可能性。胡志德在严复眼中的不可能性中看到的，则是一种具有时代代表性的犹豫、焦虑与挣扎。中西交流的不可能构成了“现代性”和“世界性”永恒无解的困局。身处困局的现代主体深知调和与交流的不可能，却依然奋力求索，彷徨踯躅。在这个意义上，胡志德眼中的严复非但不是“不信不达”的守旧派，抑或傅斯年批判中“只对自

[1] Joseph Levenson, general preface to *Confucian China and Its Modern Fate*, xv, cited in Theodore Huters, *Bringing the World Home: Appropriating the West in Late Qing and Early Republican China*, Honolulu: University of Hawai'i Press, 2005, 70–71.

[2] Theodore Huters, *Bringing the World Home: Appropriating the West in Late Qing and Early Republican China*, Honolulu: University of Hawai'i Press, 2005, 73.

己负责”[1]的利己主义曲译者，而是能够与同样“彷徨于无地”的鲁迅并肩齐驱的现代主义勇士。

在针对严复思想与文辞的讨论中，胡志德时常引入鲁迅批判性的文化立场，强调鲁迅与严复思想上的脉承关联。评述严复的翻译语言时，胡志德指出严复对“尔雅”和“微言”的重视与章太炎看待白话与文言之关系的立场一致，两人都认为只有“掌握语言根基，才能充分传递思想的复杂性和丰富的历史色彩”[2]；这种重视“语言密度”（density of language）[3]的观念又与鲁迅强调“主体性”的汉语诗学一脉相承。和严复一样，鲁迅既清楚地认识到西学中用的必要性，同时也严厉地批评“贱古尊新”的“至偏至伪”[4]，提出“取今复古，别立新宗”[5]的文化“执中”之道。“执中”的文化创新观并非立足中庸，而是关乎鲁迅对洋务派思想一味追求西学，同时又通过“西学中源论”等中体西用的观念进行心理抚慰的批判。在这里，鲁迅与严复面对洋务派思想和适应西学的态度和行动再次达成了统一。两

[1] 傅斯年：《译书感言》，《新潮》1919年第3期，第532页，转引自Theodore Huters, *Taking China to the World: The Cultural Production of Modernity*, Amherst, New York: Cambria Press, 2022, 129。

[2] Theodore Huters, *Taking China to the World: The Cultural Production of Modernity*, Amherst, New York: Cambria Press, 2022, 104.

[3] Theodore Huters, *Taking China to the World: The Cultural Production of Modernity*, Amherst, New York: Cambria Press, 2022, 106.

[4] 鲁迅：《文化偏至论》，《鲁迅全集》（第1卷），人民文学出版社，2005年，第51页。

[5] 鲁迅：《文化偏至论》，《鲁迅全集》（第1卷），人民文学出版社，2005年，第57页。

人都在中西思想体系之间踟蹰挣扎，选用“晦涩且自知自觉”（arcane and self-conscious）的文言形式发表议论，试图创造一个能够实现独立个人“心声内曜”的公众话语空间。[1]

胡志德提出严复和鲁迅在世界性问题的思考上相似的“彷徨”的观点是有一定说服力的。尤其是他通过并置章太炎和严复的文辞观念，联系早期鲁迅的论述路径，较为顺畅地打通了严复和鲁迅的思想脉络。不过，某些刻意强调两人共通的论述并非完全公允。比如，在分析严复《天演论》著名的“抒情性”（lyrical）开场之后，胡志德援引鲁迅在《朝花夕拾》中写读到“赫胥黎独处一室中”这个兼具抒情与小说“戏剧性”的开头时的震撼，表达严复译本的感染力。[2]这个例证用来表示鲁迅对严复的正面评价自然无可厚非，可胡志德接着援引瞿秋白和鲁迅1930年通信中对白话文穷乏的批评，指出瞿秋白尽管抨击严复不可靠的、过时的文言翻译，但是他们两人都认同白话文“不得体的现状”；[3]同时，虽然鲁迅在对瞿秋白的回应中，对严复既有辩护又不乏微词，但是这种矛盾的严复评价恰恰表现了鲁迅本人其实“非常亲近严复的立场”，尤其是考虑到1930年的

[1] Theodore Huters, *Taking China to the World: The Cultural Production of Modernity*, Amherst, New York: Cambria Press, 2022, 107–108.

[2] Theodore Huters, *Taking China to the World: The Cultural Production of Modernity*, Amherst, New York: Cambria Press, 2022, 143.

[3] Theodore Huters, *Taking China to the World: The Cultural Production of Modernity*, Amherst, New York: Cambria Press, 2022, 144.

鲁迅正在为自己同样不通顺的“硬译”辩护。[1]这种从心理角度出发，论证鲁迅和严复智识相近的方法因循的是胡志德绘制清末民初文化图景的一贯思路。但是，过于注重趋同的文化心理，不免会招致对表象差异的轻描淡写——无论鲁迅在面对跨语际与跨文化转化问题上的纠结与矛盾心理跟几十年前“一名之立，旬月踟蹰”[2]的严复有多相近，他在1930年的翻译观重点还是在于如何引入“异样”的外来语，“输入新的表现法”，从而革新现代汉语。[3]在这个层面上，鲁迅的翻译实践与“铿锵”复古的桐城严复泾渭分明。

不管怎样，胡志德从文化心理出发的主体考察，最大的优势就是在于他能够自如地将晚清文化主体的个人心理轨迹，印刻到以“现代性”与“世界性”为中心坐标的文化版图之上，转化为一种标志性的时代精神伦理。严复的意义正在于此。在讨论严复1903年翻译穆勒（John Stuart Mill）的《群己权界论》（*On Liberty*）时，胡志德比较分析了马君武在同年发表的另一个译本《自由原理》，指出马君武刻意简明达意的译本，实际上是在未经思索的“简化”中歪曲了原意。相反，严复在他的翻

[1] 鲁迅：《“硬译”与“文学的阶级性”》，《鲁迅全集》（第4卷），人民文学出版社，2005年，第199—217页。

[2] 严复：《〈天演论〉译例言》，《严复集》（第五册），中华书局，1986年，第1322页。

[3] 鲁迅：《关于翻译的通信》，《鲁迅全集》（第4卷），人民文学出版社，2005年，第391页。

译中向内观同，力图“用汉以前字法”，阐明他所翻译的西方人文和社会科学文本的复杂性，把原文“精理微言”翻译成同样完整、丰富和细致的经典中文。值得注意的是，胡志德不仅比较细读两个译本，还将译本的差异同两人的个人背景与政治诉求联系在一起：马君武是年轻激进的同盟会创始人，严复则是相对温和的“进步知识分子改革者”。[1] 因此，马君武直截了当，用通俗易懂的语词传播“自由之大旨”，不免时常背离原作学理；严复从调和中西的改革主义出发，文虽艰深晦涩，“实则刻意求显”[2]，弥合中西语言与思想文化之间的罅隙。一个明显的文本例证是：当马君武不假思索地使用近代日本将“liberty”转换为“自由”的译法——也就是果断地接受了一种既有的现代性的文法秩序——严复却字斟句酌，在《〈群己权界论〉译凡例》中叙说中国古语中的“由”“繇”之分，[3] 瞻前顾后，观同求显，试图找到最精确的语词转化穆勒论述中的“两种自由”概念。

换言之，两个翻译文本背后反映的是两类晚清主体在应对“世界性”冲击时的两种文化心理。前者求新求变，后者观同求显；前者坚定不移地冲向以西方为代表的、确定的现代性秩序，

---

[1] Theodore Huters, *Taking China to the World: The Cultural Production of Modernity*, Amherst, New York: Cambria Press, 2022, 132.

[2] 严复:《〈天演论〉译例言》,《严复集》(第五册)，中华书局，1986年，第1322页。

[3] 严复:《〈群己权界论〉译凡例》,《严复集》(第一册)，中华书局，1986年，第132页。

后者却在传统的失序与求新的秩序之间反复徘徊。胡志德对两种文化心理的倾向性不言而喻。观同求显的踯躅不仅意味着一种折射民族传统的“世界性”文化实践，也标志着一种独具活力的清末民初文化现代性——尽管这种现代性很快会在即将开始的“五四”话语中急速凋萎。

三、“文学”：隐迹稿本、机制、城市

如果说胡志德眼中的晚清现代性文化是在一种以严复等人为代表的焦虑、犹豫、模糊的文化心理中蔓延，那么，1919年的五四运动无疑标志着这种现代性蔓延的终点。“五四”之所以划定界限，是因为它将“文学”指定为历史的选择与答案，从而结束了两种“现代性”之间的犹豫不决和“世界性”的踯躅：“文学承担了‘五四’共识所赋予的历史使命，即，生产一种特定的中国现代性。”[1]这里，胡志德重申的是王德威等西方汉学学者讨论晚清现代性时的共识，也就是晚清现代性多元光谱在“五四”单一主流话语中的式微。相对而言，虽然在1895—1919这个历史时空内，确定的理性现代性始终压制着不确定的美学现代性，但焦虑踌躇的文化主体尚未被勇往直前的新青年们取

[1] Theodore Huters, *Taking China to the World: The Cultural Production of Modernity*, Amherst, New York: Cambria Press, 2022, 31.

代，纷繁复杂的审美空间也没有受到完全的“限制和围堵”。[1]

当然，现代性话语排斥多元文学范式的倾向并非中国独有，而是世界文学遭遇现代的普遍现象。胡志德援引保罗·德曼（Paul de Man），指出在现代性的追求中，文学很容易遭到果断的摈弃，尽管一个“真正的作家”并不会轻易盲目地拥护这种偏颇的现代。[2] 在这个层面上，胡志德重视的晚清主体在面对现代性时表现出的焦虑犹豫，正是盲目拥护的反面，因而都可以被视作这个特定时期现代性“真正的”文学代言。事实上，即使“五四”以后，新文学的文化场域中也不乏“罕见的局外人”（rare outliers）[3]，承接弥漫在前一个时代的焦虑与犹豫，也延续着充满活力的、不确定的晚清现代性。胡志德列举的两位“局外人”是鲁迅和萧红。他在鲁迅《故乡》结尾模糊的“路”之隐喻和萧红的短篇小说《手》不置可否的“光明”意象中找到了“不确定”的美学现代性，亦即现代主义的阐释空间。[4] 虽然选用这两个仅有的“五四”文本作为另一种现代性的“罕见”例证不免略显随意——“五四”文学文本中自觉或不自觉的现

---

[1] Theodore Huters, *Taking China to the World: The Cultural Production of Modernity*, Amherst, New York: Cambria Press, 2022, 31.

[2] Theodore Huters, *Taking China to the World: The Cultural Production of Modernity*, Amherst, New York: Cambria Press, 2022, 31.

[3] Theodore Huters, *Taking China to the World: The Cultural Production of Modernity*, Amherst, New York: Cambria Press, 2022, 28.

[4] Theodore Huters, *Taking China to the World: The Cultural Production of Modernity*, Amherst, New York: Cambria Press, 2022, 28–30.

代派美学倾向并不罕见——但它恰恰说明了胡志德关注的这幅现代性文化图景，注定会在1919年遭遇边界。

边界的首要基础是“文学”概念的重生。《把中国带向世界》的第二章《“文学”和1840年后的中国的新书写实践》中，胡志德梳理了清末民初的几十年间，“文学”一词如何从一个涵盖整体“人文”（humanities）的范畴，延用明治日本的译法，转向了欧洲“文学”（literature）的概念。[1] 与“现代性”的概念一样，中国“文学”的概念本身覆盖多重含混的意涵。“文学”在近代的概念变迁，连接着一整套道德与文化秩序，充斥着模糊的界定和各种矛盾的张力：它兼具功利主义的教化倾向与“华美”的诗文传统，兼容简明达意与深奥精微，同时面向精英与大众。随着“五四”的到来，“文学”的范畴在确定的“现代性”追求与相应的欧洲文学参照系中加速萎缩。换言之，“五四”将“现代性”的历史使命赋予“文学”，首先就是将文学视作一种新的中国现代秩序，在试图扩展文学读者受众的同时，限定了传统“文学”的概念范围。

尽管这种限定在表面上将传统书写观念从“文学”的现代定义中驱逐清零，但胡志德认为，现代定义中的“文学”可以被视作一种“隐迹稿本”（palimpsest）——在表面的新“文学”字迹下面，隐藏着多层旧有的文学范式，在暗中“时常发挥其

[1] Theodore Huters, *Taking China to the World: The Cultural Production of Modernity*, Amherst, New York: Cambria Press, 2022, 54–85.

不明不定的影响”。[1]事实上，将新“文学”视作隐迹稿本的观念，也正是胡志德对“现代性”在20世纪中国的看法。“五四”以后单一的“现代性”隐迹稿本背后，同样透渗着晚清文化主体在两种“现代性”之间犹豫的字迹。胡志德从思想史和文学史出发的清末民初文化考察，一个重要的任务便是重新挖掘隐匿在20世纪中国“文学”与“现代性”概念背后的字迹，还原稿本上焦虑而又多元复杂的真实图样。

这种被重写、覆盖、隐藏的图样并不局限于文本。胡志德的考察中，最能体现这位汉学家开阔视野的地方就在于，他对主体与文本的密切注视，始终没有脱离对整个历史文化环境的冷静观察。在《把中国带向世界》的最后一章，他把“文学”与“现代性”的“隐迹稿本”向外延伸，从文本内部转向了外部的机制与城市，也就是中国现代性文化生产的物质条件。当新的现代“文学”定义一层层地覆盖古代“文学”概念，当新的文学形式一遍遍地隐没旧有文化字迹，新的社会文化机制也在一次次地重置传统中国文学、知识与思想生产与传播的模式。每一次覆盖、隐没和重置的动力都源自未来——以西方理性现代性为代表的未来，也就是历史进步论的前提下，“五四”启蒙现代性不容置疑的前进方向。

胡志德最后聚焦的是19世纪末在上海成立的商务印书馆。

---

[1] Theodore Huters, *Taking China to the World: The Cultural Production of Modernity*, Amherst, New York: Cambria Press, 2022, 85.

作为中国最早的大型现代出版机构，商务印书馆在清末民初的二十年间，顺应社会文化思想潮流，不断地革新求变。1919年，商务印书馆最重要的期刊《东方杂志》主编杜亚泉在任职十年后，因其相对温和而“不新不旧”的改革立场受戒辞职。[1]胡志德将这个事件视作商务印书馆在面对“五四”潮流中不断扩张的文化市场时先发制人的商业决定。商务不断革新的出版策略，以及向以蔡元培等人为代表的北京知识分子精英靠拢的文化立场，并非直接面向大众市场的回应，而是在一种对未来文化市场与读者群的“想象”中，对现代文化商业机制迂回的探索与塑形。胡志德结合《东方杂志》在杜亚泉任主编期间的发行量与广告量，指出1915年以后期刊停滞的销售额虽然并非出于主编相对保守的“文人”倾向和对文言的青睐，而是在更大程度上与同期商务及其他出版社旗下各类刊物的涌现相关。[2]这恰恰表明，此时读者量的增长——也是商务印书馆作为一个现代文化商业机构的首要考量——必须依靠对一个此前尚未参与期刊文化市场的、“文人”精英之外的读者群体的开掘。

这个群体便是“五四”新文化思潮着力启蒙、席卷的“大众”。在这个层面上，虽然以杜亚泉为代表的传统“文人”审

[1] 胡志德在文中主要用“辞退”（remove）一词来形容杜亚泉的遭遇，但他也援引张元济日记，阐明杜亚泉是收到戒约后，主动辞去了《东方杂志》主编职务。

[2] Theodore Huters, *Taking China to the World: The Cultural Production of Modernity*, Amherst, New York: Cambria Press, 2022, 215–216.

美在现代文化市场上依然占据一席之地，但作为商业机构的商务印书馆必须提前应对受众的转向 也就是传统“文人”向包罗大众的现代“文化人”的转向。这里，胡志德将文学受众的问题从机制扩延到了城市。从吴趼人的小说叙事中，他发现1860年以后的上海，仍然处处是被称作“公馆”的居所，弥漫着传统士大夫精英文化；一直到20世纪初期，小说读者群中，趋向传统审美的“文人”远大于“粗通文墨的市民”。[1]这一现象在1910年代发生了很大的变化，其决定性的物质基础源于上海城市住房结构的改变。早期保留传统庭院式建筑的石库门房子在20世纪初期地价飞涨的上海，逐渐被分割为单开间和亭子间。随之改变的是上海文化移民组成：现代文化人小家庭取代了传统文人大家族，成为五四时期上海的社会主流。当亭子间分割石库门，现代都市公寓覆盖传统家族公馆，大众市民也逐渐重置传统文人的审美旨趣，成为五四新青年和文化商业机构注重的核心读者群。[2]

由是观之，无论是杜亚泉还是严复，胡志德书写这些文化主体如何在现代新潮的分流中销声匿迹的同时，也在书写他们如何依然持续地在“现代性”的“隐迹稿本”中，渗透着“另一种”

---

[1] Theodore Huters, *Taking China to the World: The Cultural Production of Modernity*, Amherst, New York: Cambria Press, 2022, 217.

[2] Theodore Huters, *Taking China to the World: The Cultural Production of Modernity*, Amherst, New York: Cambria Press, 2022, 221. 另见卢汉超：《霓虹灯外：20世纪初日常生活中的上海》，段炼、吴敏、子羽译，山西人民出版社，2018年，第138—160页。

（也是“前一种”）现代文化心理。与他们同步被覆盖与重写的，还有在单一现代性潮流中逐步隐退的“文学”概念、机制、城市。如果愿意仔细观察，我们会在现代“文化人”的文学机制油印底部，看到前一种“文人”机制的印迹；上海巨大的“世界主义”[1]幕景之下，偶尔会闪烁另一座上海城幽隐不安的光谱。在“五四”坚定追求的“现代性”秩序深处，也有前一个时代在民族与世界之间、失序与秩序之间焦虑踯躅的暗涌。

2023年7月6日初稿

原载《小说评论》2023年第5期

---

[1] 有关上海作为世界主义大都市与文学“现代性”典范的讨论，参看Theodore Huters, *Taking China to the World: The Cultural Production of Modernity*, Amherst, New York: Cambria Press, 2022, 41–46。

“德”与“智”的现代转型
——现代新儒家思想中的理性主义

近现代中国的思想启蒙围绕着一个来自西方的“科学性”概念。从洋务运动时期鼓吹西方科学技术的“中体西用”到五四新文化运动追求科学精神的“全盘西化”，近代思想史的西学东渐是一个向西方“科学性”渐进式的探索过程。西方的“科学性”上可溯至古希腊的科学哲学传统，在17世纪理性主义启蒙运动中经过近现代转型，成为现代西方学术思想的一个奠基性范畴。如果说西方近现代的“科学性”来自其“理性”或“理性主义”的哲学传统，那么它在东方思想界的影响与发展也必定倚赖于一个重“知”重“理”的思想体系。这个思想体系虽然不需要具备西方理性主义中对知识实体形而上研究的哲学基础与逻辑工具，但必须有能与理性主义精神相接承的“诠释过去、设计现在、想象未来”的依凭，为其本土化发展提供思想资源。[1]

本文所要讨论的现代新儒家学术群体便是以中国传统儒学与宋明理学为思想体系，承接西方理性主义的。张君劢曾开宗明义地将自己的学术“立场”划归为“理性主义”，并将其定义为西方理性主义与“儒家之精神”中道德成分的融合，称曰“德智主义”。[2]本文沿用张君劢对西方理性主义与儒家思想的并置，梳理西方文化传统中理性主义的概念与其在中国近现代的演绎，同时对熊十力、梁漱溟、冯友兰、牟宗三几位现代新儒家代表学者的“理性主义”，亦即关于“德”与“智”之思想特点进行整理陈述，探讨现代新儒家是如何运用西方理性主义的概念工具，对儒家文化和理学思想进行现代化的继承与重构的。

一、西方理性主义与中国现代思想启蒙

传统意义上的西方理性主义者指的是17世纪科学革命时期在知识论哲学和形而上学领域的研究者。他们认为，人类“理性”而非“经验”可以作为知识与真理的基础来源，坚持这种内在理性形而上的至高地位，同时注重抽象思维与逻辑推

[1] 王汎森将特定时代人们用来“诠释过去、设计现在、想象未来”的不断变动革新的依凭称作“思想资源”与“概念工具”。见王汎森:《中国近代思想与学术的谱系》，吉林出版集团，2011年，第183—196页。

[2] 张君劢:《张君劢集》，群言出版社，1993年，第56—57页。

理。这个时期最重要的三位理性主义思想家是法国哲学家笛卡儿，宗教哲学家斯宾诺莎和德国数学家莱布尼茨。从笛卡儿提出理性内在能够“穿透最为深奥的科学秘密”的“自然之光”（lumen naturale），到莱布尼茨对这束光衍生“科学的普遍真理和必然真理”的肯定，他们都相信理性自身的力量。[1] 而他们所笃信的这束“理性之光”（lux rationis）正是在启蒙运动冲破了浑噩的黑暗，以至后来理性主义思想的批判性集大成者康德在定义“启蒙运动”时所用的拉丁箴言“敢知”（sapere aude）不再是指对外部经验世界知识无畏探索的精神，而是赞颂一种以个人内在理性作为超验性法则来面对经验世界、获得智慧的勇气。

这种勇气便是理性主义的启蒙精神。毋庸置疑，理性主义在欧洲启蒙运动中具有引领性的思想地位。而两个世纪后中国的启蒙运动与其说是理性主义哲学“思想”传统在东方的续承，不如说是理性主义启蒙“精神”传统的一次东方化演绎。新文化运动高举的“民主”与“科学”两面大旗是变革实践过程中对理性精神的弘扬，不包含哲学意义上对个人“理性”作为知识来源优越性的社会阐释。正如美国学者舒衡哲在评价由傅斯年和罗家伦创办的新文化思想群体新潮社时所言，中国的启蒙主义者并没有像欧洲启蒙思想家那样认定个人“敢知”的权利，

[1] 约翰·科廷汉:《理性主义者》，江怡译，辽宁教育出版社，1998年，第2页。

而是迫切地争取一个真正自我理解的可能。[1] 这里，“自我”认知的意义在于通过对传统思想文化的重审与批判，打破旧思想的束缚。在舒衡哲引用的《新潮》杂志宣言中，“科学方法”与“客观主义的怀疑精神”等富有理性主义色彩却不免空泛的标语直截了当地表明了中国启蒙知识分子自觉站到西方理性主义传统下，对抗本国传统儒家礼教的立场。这个立场代表的是与传统思想文化的决裂，是精神思想层面破旧立新的意识与姿态，而并不一定意味着整个思想体系和思维模式的转变。

中国近现代启蒙知识分子在思维模式和思想体系上向西方理性主义靠拢的决心是显而易见的。白话文运动摈弃晦涩的用语传统正是从语言逻辑出发，实现思维方式的“现代化”与“理性化”。胡适倡导的“全盘西化”也是从他采纳实证主义的治学方法，即学术体系基本方法论的“科学化”开始的。作为一场社会运动，中国近现代思想启蒙确乎是在“理性之光”的照耀下进行；然而，作为一场思想学术变革，人类与生俱来的内在理性在这场运动中外化为一种思维工具，仅在形式上取代传统中国学术思维。继续以胡适与实证主义学术群体为例：他们虽然重视逻辑推理，但是他们信奉实证主义哲学，将自然现象与经验事实作为推理来源，延续的是与欧陆理性主义对立的英国

[1] Vera Schwarcz, *The Chinese Enlightenment: Intellectuals and the Legacy of the May Fourth Movement of 1919*, Berkeley, Los Angeles, London: University of California Press, 1986, 8.

经验主义传统。借用培根早在前启蒙时代区分理性主义的经验主义的一个形象比喻，经验主义者好比搜集利用外物的蚂蚁，理性主义者则是从自己身体里吐丝织网的蜘蛛。近代中国的实证主义与历史主义学术群体一方面继承清代乾嘉考证传统，一方面肯定西方经验主义，注重客观材料与经验事实的“搜集”而排斥形而上学的思辨，与上述西方传统理性主义（也可称为“唯理主义”）从内在“吐丝织网”获取真理的思想相去甚远。

在这一时期，重视认识论与形而上学的“理性”思想的学术群体恰恰是反对摈弃中国传统思想的文化保守主义者。学衡派以“论究学术，阐求真理，昌明国粹，融化新知”为治学宗旨，主张在孔孟德育精神传统下通过理性融汇中西，获得新知识。而之后的现代新儒家续存这种追求“新知”的模式，以中国哲学思想资源为主体，吸收并改造西方思想，包括理性主义哲学。第三代新儒学思想家冯友兰以程朱理学为先驱，结合西方古典哲学和现代逻辑学，发展新理学——一个“新的形上学”。值得注意的是，冯友兰在介绍他贯通中西的哲学思想时着重区分了知识的“理性”和“经验性”来源，并自觉接受了理性主义的思辨特征与形而上的哲学立场。[1] 在形而上的理性主义前提下，他承接传统宋明理学，提出了“理”“气”“道体”与“大全”四个“形式的观念”。冯友兰的新理学确乎是以传统西方理性主

[1] 冯友兰：《冯友兰集》，群言出版社，1993年，第40页：“哲学中之观念、命题及其推论，多是形式的、逻辑的，而不是事实的、经验的。”

义的基本宗旨与方法来承接中国传统哲学的，[1]而在他前后的其他几位现代新儒学家也不乏运用中国传统思想资源，对“理性”进行形而上与知识论的探索。无论是熊十力“体用不二”的新唯识论还是梁漱溟的“直觉理性”，再到后来牟宗三的道德知性说，20世纪中国思想启蒙至此，现代新儒家可以被视作一个真正自觉置身于西方理性主义哲学环境中的学术群体。由于他们学术思想的主体资源来自本土，他们的“理性主义”具有中国传统哲学与学术思维的特征，其中最明显的就是对儒家道德理性传统的继承。

二、道德理性高于认知理智

传统儒家思想中，理性或智性与人生道德伦理紧密相联。孟子的“四端”学说始于“仁”而止于“智”，在人之本性和德性层面上勾勒判别“是非”的理智。现代新儒家延续传统，从“仁”这一核心概念出发，在本体论与伦理学范畴展开对“理性”的探索。冯友兰曾肯定李泽厚将儒家思想定性为“理性主义”，并特意补充儒家的理性主义是以“性善”为出发点。[2]冯强调“性

---

[1] 尽管也有学者将冯的思想根基放置于西方哲学，将他对新儒学思想的阐发比喻为“旧瓶装新酒”，参看颜炳罡：《当代新儒学引论》，北京图书馆出版社，1998年，第67页。

[2] 冯友兰：《论美的历程》，《中国哲学·第九辑》，生活·读书·新知三联书店，1983年，第390—391页。

善”，一方面将儒家传统理性主义代表立为孟轲而非荀况，另一方面突出“仁”这个概念内在的理性主义因素。梁漱溟在对西洋、中国与印度哲学进行比较时，也把“仁”放在理性主义知识论的范畴进行讨论。他将“仁”阐释为“本能情感、直觉”，又把直觉作为三种构成知识的工具现量（经验）、比量（理智）和非量（直觉）中唯一能触及事物本质的一种。[1] 对梁漱溟来说，来自道德情感的、直觉的、“仁”的“理性”优于计算的、比量的、经验的“理智”，而中国传统的文化生活可以被总结为“理智运用直觉”。[2] 这一论调中，直觉性的“理性”相对于经验性的“理智”的地位与“理性”在欧陆理性主义者思想体系中的地位相似。冯梁二人在讨论中将“理性”的知识论概念同儒学传统中作为道德智慧的“仁”联系在一起，用“德”与“智”的儒学思想体式重构理性主义。

在这个以传统儒学思想为主体资源的理性主义体系中，道德理性高于认识理智。“认识理智”即是梁漱溟所说的与直觉相对的“比量”，也应包括近现代中国思想启蒙着重宣扬的“科学”的知识。关于理性与认知，熊十力在现代新儒家兴起之初就有过形而上的讨论。跟梁漱溟一样，熊十力区分科学的知识“量智”，与本体界的理性智慧“性智”，同时突出后者的优越性，视其为引领玄学由“理智走到超理智境地”、连接真理之桥

[1] 梁漱溟：《梁漱溟集》，群言出版社，1993年，第164—166页。

[2] 梁漱溟：《梁漱溟集》，群言出版社，1993年，第183页。

卯。[1]虽然熊十力在解释本体超验的理性（性智）走向超理智的玄学真理时用的是佛学“任理智而精解析”的证会得知法，但是他轻理知（量智）而重心性（性智）的哲学态度无疑是宋明理学“内圣”心性理论的发扬。[2]从这一点看，熊十力为现代新儒家打下形而上学根基之时，就已为“理性”的概念标注了新儒学传统中重视心性修养的道德维度。而上述梁漱溟所重的“仁心”直觉与冯友兰逻辑“理世界”中形而上的观念，都可溯至中国理学传统下重视自我人格修养的道德理性。梁漱溟认为“仁”的直觉理性高于认知理智，而冯友兰将超乎自我境界的“大全”置于几个形式观念之最，甚至把认识理智与道德境界“大全”之逻辑关系列为手段-目的（means-end）。这里，冯友兰回溯儒学传统中颇具理性主义认知特征的“格物致知”：“对事物之分析，可以说是‘格物’。因对于事物之分析，而知形上，可以说是‘致知’。”[3]“大全”的形式概念路径却是以形上的致知为起点：“致知入手而得大全”。显然，冯友兰对“理性”在道德与认知哲学上的偏颇与熊十力、梁漱溟是一脉相承的——他们延续的是宋明新儒学思想的传统，偏重于个体道德的理性，认为由“德”生“智”之理性要高于“致知”的认知理智。这也是现代新儒

[1] 郭齐勇编：《现代新儒学的根基：熊十力新儒学论著辑要》，中国广播电视出版社，1996年，第271页。

[2] 参看李泽厚：《中国现代思想史论》，生活·读书·新知三联书店，2008年，第285页。

[3] 冯友兰：《冯友兰集》，群言出版社，1993年，第163页。

家理性主义区别于20世纪初“科学派”启蒙学术群体倡导的理性主义的一个重要特征。

然而，虽然现代新儒学家强调道德理性，试图用传统理学中直指自我人格修养的、唯心的“德智”取代抽象的知识理性，但是，理性与德性形而上的相联如若没有形而下的生命经验作支撑，难免容易产生概念上的混淆。上述三位现代新儒学家所提出的道德理性概念——“性智”“理性”和“大全”——都是“理性”在本体界的性状，不是“理性”在现象界的认知形态。前者之所以高于后者，除了因为它源于新儒学传统中具有至高地位的“心性”道德，还因为它自身形而上的、非经验甚至超经验的地位。道德理性固然属于本体界，可关于道德理性的哲学研究不可能只停留在本体论。正如熊十力在介绍《新唯识论》时所言，“西洋学者所谓本体，毕竟由思维所构画，而视为外在的。《新论》则直指本心，通物我内外，浑然为一，正以孟氏所谓‘反身而诚’者得之，非是思维之境”[1]。就此，李泽厚将熊氏哲学概括为将“宋明理学的伦理学和人生观翻转为宇宙观和本体论”[2]。论证“翻转”之前，形而下的生命哲学和伦理学才是道德理性哲学的立足点。事实上，在“理性”前加上“道德”二字本身就是对“理性”范畴之先验性的一种怀疑甚至否

[1] 转引自李泽厚：《中国现代思想史论》，生活·读书·新知三联书店，2008年，第286页。

[2] 李泽厚：《中国现代思想史论》，生活·读书·新知三联书店，2008年，第286页。

定。有关这一点，西方17世纪理性主义与经验主义之争的尾声或许就已为中国20世纪新儒家发展新理性主义与新道德哲学提供了思维框架：康德的认识论哲学革命。康德将独立于一切经验的理性称作“纯粹理性”，提出先验（a priori）的知性（或范畴Kategorie）能将现象界（Phänomena）知性的经验转化为知识，再通过纯粹理性（Vernunft）将知识综合统一，达到本体界（Noumena）的理念或自在体（Ding an sich），从而调和唯理论和经验论在知识来源问题上的对立。从纯粹理性出发，康德运用先验哲学方法发展出一套理性主义批判哲学体系。这套批判哲学体系中的伦理学分支就是将纯粹理性与道德形而上学并置，即实践理性批判。

三、道德宗教的实践理性化

在现代新儒家学术群体中，将康德的实践理性和道德哲学吸收得最好的应数熊十力门下的牟宗三。与冯友兰一样，牟宗三通晓西方哲学，尤视康德的批判哲学为西方道德形而上学之精华。对牟宗三来说，新儒学是一种能够接榫形上道德与形下实体的宗教性道德哲学。在他的奠基性哲学著作《心体与性体》中，牟对西方哲学谱系中关于道德“实体”理论的缺失进行了批判：

> 然无论是讲实体，或是讲存有，或是讲本体，皆无一

> 有‘性体’之观念，皆无一能扣紧儒者之作为道德实践之根据、能起道德之创造之‘性体’之观念而言实体、存有或本体。无论自何路入，皆非自道德的进路入，故其所讲之实体、存有或本体，皆只是一说明现象之哲学（形上学）概念，而不能与道德实践使人成一道德的存在生关系者。[1]

这里，牟宗三为儒学传统重视的道德理性添增了创造性的理想化意义，但他突出的并非纯粹理性的道德，而是道德的实践性。此处的“实践”应理解为上述新儒学传统中源自内心的“德智”修养之外部呈现。值得一提的是，牟宗三列举的这些西学思想中包括了以莱布尼茨与斯宾诺莎为代表的欧陆理性主义，他将其概括为“独断的、纯分析的形而上学之路入”，与其他路入一样忽略了道德“创造”性体的可能。

在牟宗三看来，西方哲学诸多“路入”中唯一能由道德达到本体的“例外”便是康德的批判哲学。康德的“实践理性”强调的是道德行为与绝对理性的关系，认为道德先天地存在于人类理性之中，只有纯粹源自道德理性的行为才具有真正的道德价值。道德理性的实践表现为个体对理性命令程式的服从，这也就是著名的定言令式（Kategorischer Imperativ）。另外，康德的道德哲学包括了他对“自由意志”的定义：真正的自由是

---

[1] 牟宗三:《心体与性体》，正中书局，1973年，第37—38页。

人在道德实践过程中对由自己意志与理性所规定的道德法则的绝对服从。

牟宗三接受康德对“纯粹理性”和“实践理性”的概念区分，并将中国的大统称为“以实践理性为最后”的传统，区别于西方“以纯粹理性为最后”的思想传统。[1]换言之，儒家传统中的理性具有实践性的目的，而实践理性又能够把握道德的“性体”（形上实体）。由此，牟宗三借鉴康德实践理性的哲学概念，发展新儒学——尤其是陆王心学的道德主体性，构建“心性合一”而重“内圣”的道德哲学。在这样的哲学体系中，王阳明“知行合一”的心本论即可阐发为内心道德的实践“呈现”，进一步用康德的概念重述便是个体的道德实践绝对服从同时呈现“心”之理性法则，实现真正的自由意志。康德道德哲学中“实践理性”“纯粹理性”“道德法则”等概念工具运用到对新儒学“心性”学说的阐释中，“内圣”即“自律”的道德法则，而儒学之哲理化便是一种“心即理”的道德理性主义，之宗教化即为一种融合“德”与“智”，衔接道德实践与理性直觉的“成德之教”[2]。尽管借用康德道的概念工具，牟宗三哲学思想的主体依然是儒学传统中“通无限”的道德。这种道德观模糊了西方宗教与道德的界限，辩证地统合有限与无限、实践与本体，甚至接受“道

[1] 牟宗三:《纯粹理性与实践理性》,《牟宗三先生早年文集》，联经出版公司，2003年，第383页。

[2] 牟宗三:《心体与性体》，正中书局，1973年，第7页。

德即宗教”。

基于这样的儒家宗教道德观，牟宗三对康德道德哲学的借鉴接受也并非全无批判，尤其是在关于道德实践的论述上。牟宗三相信道德与宗教一样，可通无限，而依据道德宗教（实体）的道德行为也可以通无限：“道德行为有限，而道德行为所依据之实体以成其为道德行为者则无限”[1]。牟宗三在这里延承的是他的老师熊十力“体用不二”的基本观念，将本体与现象、道德实体与道德行为在形而上的终极视为一体。因此，牟不同意康德用“纯粹理性”来规定道德实体，而认为应当加强“实践理性”在连通本体界过程中的地位：“实践理性的体性学是由实践理性把握形上的实体，形上实体只能由实践理性去认识去把握去规定。”[2]这个观点自然是契合“以实践理性为最后”“通无限”的中式道德宗教观的。可以说，牟宗三借鉴康德道德理性哲学，将新儒学传统的道德宗教实践理性化，构建了一种具有现代性的道德理性主义。

四、结论：“德智主义”的现代转型

理性主义是一支源自西方的哲学流派。有关理性主义在

---

[1] 牟宗三:《心体与性体》，正中书局，1973年，第9页。

[2] 牟宗三:《纯粹理性与实践理性》,《牟宗三先生早年文集》，联经出版公司，2003年，第384页。

近现代中国思想界的讨论，在对象上应有一个哲学范畴内的筛选，而不是广泛地将任何具有“理性精神”的思想家和学术群体都纳为研究对象，简单地贴上“中国理性主义者”的标签。本文之所以选择现代新儒家为例来讨论理性主义在近现代中国的思想形态，首先是因为这个群体以哲学为本位的学术研究性质：特别是他们对“理性”形上学的侧重，与西方理性主义哲学保持一致。冯友兰在《中国哲学史》中把普遍哲学研究分为知识论、本体论与生命伦理三种，指出中国传统哲学注重伦理学而几乎没有本体论（宇宙论）与知识论的系统讨论。作为一个融汇中西的现代哲学群体，现代新儒学在知识论、本体论与伦理学三个研究层面对“理性主义”进行了探索与发展。他们借鉴了西方理性主义从17世纪的唯理论到康德道德理性的思维框架，取宋明理学中道德的“德性”与“智性”之思想资源，构建现代新儒学的理性主义哲学体系。

在这套体系中，道德理性高于智识“致知”，而道德理性又以实践道德为最后。熊十力的本体“性智”、梁漱溟的直觉“理性”、冯友兰“理世界”中的“大全”、牟宗三的自律“心体”都是形而上的道德理性概念。借用王汎森分析近代思想与传统因素时的模式，这些富含传统因素的道德理性思想“被以化合作用般的方式重新组织到一个新的结构中”。这个新的结构就是西方理性主义哲学框架。传统的、散开的分子在新结构中将“不再存在着与旧结构的分子之间同样的关系”[1]，但它们承载的思想内核依旧是儒家理学重实践重修身的“内圣”道德观。回到本文之初张君劢的理性主义立场，他所倡导的“德智主义”正旨于在西方理性主义框架下中国“陈腐之道德说”的新变革，“以新理智达于新道德”[2]。因此，即便在西方哲学的框架下，现代新儒家思想中的理性主义无处不体现儒学传统的道德精神价值，标志的是“德”与“智”的现代转型。

原载《理论界》2018年第5期

[1] 王汎森:《中国近代思想与学术的谱系》，吉林出版集团，2011年，第134页。

[2] 张君劢:《张君劢集》，群言出版社，1993年，第52页。

第二辑

汇入“世界文学”的中国文学

新时期以来，尤其在“走出去”战略重点扩移至文化层面的近十年来，关于中国现当代文学海外传播的课题逐年增多，策略分析型的短文报道更是层出叠见。中国作家如何走向世界、文学作品如何畅销全球、海外汉学如何推波助澜等问题不仅是炙手可热的学术探讨，也似是系乎国情的当务之急。将现当代文学作为我国文学对外输出的一个重点对象来谈论文学与文学传播，固然符合当今文化全球化的时代特征；然而，这样的课题往往因其过于明确的“走向世界”的目的而囿于对传播实践的考察与展望，一旦资料不充足就会显得空泛而缺少学术研究价值。

事实上，“五四”以来的新文学作为中国文学传统现代化过程的实录，始终是在同“世界”和“世界文学”的联系当中，或者说是“在‘世界’的观照下形成其历史的”[1]，本身并不乏

[1] 陈思和：《我对20世纪中国文学的世界性因素的思考与探索》，《中国比较文学》2006年第2期。

与“世界”的交流。同时，作为一部汇集不同历史时期社会意识形态的现代“中国”书写，它本身就具备受“世界”各国家地区关注的理由，自然不会被已将中国融入其中的现代“世界”所忽视。可以说，新文学自诞生起就处于一个与世界文学交汇的流动状态，而它在国外的译介、传播和接受既是新文学自身发展过程中的现象，也是现代世界文学交流过程中的一个环节。中国文学怎样“走出去”的问题事实上就是关于如何提升这个环节运行速度的讨论。这种讨论虽然有实际的参考价值，却不应是一项新文学发展现象研究的重点。

那么，什么才是研究新文学外播现象的重点呢？除了主题性侧重，每一个从事这项工作的研究者都需要思考的还有这项研究的学科性问题，诸如一些基本问题：这项研究主要属于哪个学科？在哪些学科的范畴内展开？研究成果对学科有什么样的意义？当然，这些问题的答案会因不同的主题侧重而各有差异，但总体而言，新文学海外传播研究是在中国现当代文学学科领域内的一项研究。它的研究对象首先是在世界不同地区流通的中国现当代文学文本，从文本出发包括它们的翻译出版情况、国外对这些文本的文学批评和学术研究、文学交流记录、文化工业下的文学传播机制、世界整体文学环境等。另外，它也是一项具有单向设定（从中国到国外）的传播研究，属于中外文学关系研究领域。在这样的学科认识的基础上，本文的任务是理清新文学海外传播研究与现当代文学整体学科的关联，考察这项研究的内容与方法，及其对学科发展的作用和意义。

一、“世界文学中的中国文学”

20世纪80年代中期，黄子平、陈平原和钱理群提出“20世纪中国文学”概念时，曾将“走向‘世界文学’的中国文学”作为第一个基本内容来讨论。他们将新文学的“世界文学化”（或“欧化”）看作一个和“民族化”互相联系也互相对立的侧面，指出20世纪以来的中国文学正处于“走向和汇入‘世界文学’总体格局”的进程当中。回顾这部分内容的相关研究时，他们发现，大部分研究都是针对外国文学对中国现当代文学的影响，而“‘世界文学中的中国文学’研究甚少，对本世纪中国文学在世界上的地位和影响更是模模糊糊的。”[1]黄、陈、钱三人指出的这部分研究空白，正是近年流行起来的“现当代文学的海外传播研究”。可见，至少在他们三人的现当代文学概念和学科设想当中，海外传播研究已作为一项尚未开拓且并非无关紧要的研究地域，被纳入20世纪中国文学的研究范畴之内。

应当认识到的是，三位学者在这篇对现代文学史、学科外延和概念内涵都具有重构意义的文章中提及“世界文学中的中国文学”研究的缺失，并非为了强调此类研究对学科发展的重

[1] 黄子平、陈平原、钱理群:《论“论二十世纪中国文学”》,《文学评论》1985年第5期，第6页。

要意义，而是出于将“20世纪中国文学”看作一个时间上联结中国古代文学、空间上通连世界文学的“文学进程”的整体性考量。将20世纪中国文学视为一个“不可分割的有机整体”，不仅意味着打破“近代”“现代”“当代”的分割来展开文学史研究，还要求在研究中国文学“走向和汇入‘世界文学’”的进程时，将世界文学的“回视”也纳入其中，形成“双向的或立体交叉的总体研究”[1]。这一点关于中外文学关系研究的整体性思考，恰恰是在三人撰文时被当时的学界普遍忽视的。20世纪80年代初，国家对外开放政策的实施大幅促进了中外文化交流，比较文学学科也在国内得到初步建立，中外文学关系的研究成为热门的课题类型。大多研究是从“五四”以来就不乏探讨的单向的“影响研究”，而即便是不局限于外国文学“影响”的探讨，也很少有能顾及聚焦于中国文学的来自“世界”的文学目光，离黄、陈、钱三人所设想的双向或交叉的总体研究还相差甚远。

值得一提的是，在三位学者发表《论“二十世纪中国文学”》的同年，他们各自写的三篇讨论三位不同现代作家与外国文学关系的文章都被收录在同一本以《走向世界文学》为题的论文集当中[2]。该文集题目里用的“走向”一词虽然是指一个从民族文学融入世界文学的朝向，很容易令人联想到当今文学如

---

[1] 黄子平、陈平原、钱理群：《论“论二十世纪中国文学”》，《文学评论》1985年第5期，第6页。

[2] 曾小逸主编：《走向世界文学——中国现代作家与外国文学》，湖南人民出版社，1985年。

何“走出去”之类的海外传播问题，但是论文研究的主题还是另一个朝向：从海外往国内传输的文学影响，包括题材创作、文学观念和理论体系等各个方面。如编者在导言中所说，研究中国现代文学的形成和发展不得不重视来自西方文学的影响，而东西方文学之间从近代以来影响趋势的不平衡却意味着中国（东方）向西方世界的文学影响暂时还停留在提供新异题材和灵感的阶段[1]。因此，编者在导言里宣布中国文学进入“交流意味着一切”的“总体文学时代”[2]的时候，也间接宣布了这种交流研究仍未突破的单向性。中国现代文学是在来自世界文学的影响下，朝着“世界文学”的方向前行的；研究来自外国文学的影响，事实上也就是研究它如何反向推动中国文学走向世界文学，融入以总体“交流”为核心的世界文学时代的过程。顺循这样的逻辑，文集题目中的“走向”确乎与论文主题方向一致。轻视甚至忽略反方向的讨论——也就是关于中国文学在世界文学中地位和影响的讨论，便是在所难免。

不难看出，这里的“走向世界文学”同近年来一些海外传播研究中以“走出去”为目的的文学推广观是截然相反的。总体来说，该文集中“走向世界文学”的主旨和“20世纪中国文学”的学科构想一脉相承：中国现代文学不是静止不变的一个

[1] 曾小逸主编：《走向世界文学——中国现代作家与外国文学》，湖南人民出版社，1985年，第14页。

[2] 曾小逸主编：《走向世界文学——中国现代作家与外国文学》，湖南人民出版社，1985年，第24页。

学科，而是在同世界的交流中不断对本民族文学进行反思、不断发展革新的动态进程。如果说这种现代文学观基本符合全球文学交流愈加频繁的当下，那么，要全面分析这个走向，或者更贴近“交流”的隐喻来说，分析这个“汇入”世界文学的动态过程，就不得不对其逆向的回流，即世界对中国文学的认识与接纳，也进行审视和考察。

这一点虽然是暗含在文集的主旨观念当中，但在论文的编辑择取的标准上并没有得到体现。比如，在文集收录的第一篇关于鲁迅与世界文学的研究中，作者王富仁从鲁迅阅读《天演论》形成“人”的启蒙观念开始，谈及西方浪漫主义、现实主义在鲁迅创作中的体现和演变，再到象征主义的运用，以及苏联无产阶级文艺理论的影响，逐序进行了阐释论证，清晰地勾勒出西方文学思潮和文艺思想的接受与鲁迅文学生涯的关系。无论从文章结构、理论取证、分析方式还是最后总结来看，王富仁这篇文章都可以被看作一项经典的“影响研究”。它无疑是一个现当代文学作家如何在世界文学的观照下发展本民族文学的极好例证，也是导言中编者将鲁迅称为“20世纪世界性文学交流所造就的中国现代作家第一人”[1]的佐证——尽管文章中分析的“世界性文学交流”只是纯粹的从世界流向中国（鲁迅）的单向交流。选择王富仁的这篇影响研究开篇，或许也正是编

[1] 曾小逸主编:《走向世界文学——中国现代作家与外国文学》，湖南人民出版社，1985年，第48页。

者对“走向世界文学”主题的一种阐释：作为东方文学的中国现代文学在承认以影响世界文学（以西方为主）的同时，“走向世界文学”首先“走向”的还是世界文学的影响，而不是世界文学的竞技场。这也就解释了编者在突出鲁迅超前的世界文学意识时，为什么引用的却是许寿裳回忆鲁迅在20世纪20年代出于“炽热的民族意识”（编者评语），拒绝将自己的作品送去参评诺贝尔文学奖的段落：“我觉得中国实在还没有可得诺贝尔奖金的人，倘因为我是黄色人种，特别优待，从宽入选，反足以增长中国人的虚荣心，以为真可与别国媲美了，结果将很糟。”[1]鲁迅拒绝参评诺贝尔文学奖，放在今天看来是对中国文学向世界推广外播的否定，在当时却是出于对中国现代文学整体发展不成熟的顾虑。

如果说鲁迅在20世纪20年代中期新文学刚刚起步阶段，为了国家和民族文学长远的发展回绝被世界认可的机会，表现的是一种如履薄冰的谦逊，那么，在半个多世纪以后摘录鲁迅当时的顾虑，作为正确的“世界文学意识”来做一项本质是“走向世界文学影响”的现代文学研究，就不免带些妄自菲薄的焦灼了。或许正是出于这种印象，陈思和才指出了论文集标题中“走向世界文学”这个概念本身的问题：“走向”这个动词意味

[1] 许寿裳：《亡友鲁迅印象记》，人民文学出版社，1977年，转引自曾小逸主编：《走向世界文学——中国现代作家与外国文学》，湖南人民出版社，1985年，第46页。

着中国文学原本被“孤立”在世界文学之外，代表着中国“自觉成为一个‘他者’而期待被‘世界’接纳”的姿态。[1]更何况，这里研究的“走向”并非真正的汇入，也只是靠单向影响关系来维系的“他者”的期待。或许也同样出于对这个问题的反思，黄、陈、钱三人才会在阐述20世纪中国文学“走向‘世界文学’”的内容特征时，呼吁更多逆向的、关于中国文学在世界传播接受情况的“世界文学中的中国文学”研究。

相较于“走向世界文学”，“世界文学中的中国文学”这个提法首先肯定了中国文学已经在世界文学之中的事实，不需要期待得到（西方）世界的认可，只需要考察这个融汇的状态。同时，我们可以看到，这个研究主题从被忽视到得到呼吁，再到现在以“海外传播研究热”的形式兴起，与中国现当代文学学科的发展是紧密相连的。鲁迅在新文学形成之际回避世界的目光是顾及民族性问题和现代文学的不成熟，而当中国现代文学经过了大半个世纪的发展，现代文学学科也早已“不再年轻”的时候，正视来自世界的目光不仅是理所应当的，还可能成为学科外延发展和重构的一个关键的方向。樊骏在20世纪90年代中期回顾现代文学学科发展的时候，就曾将“扩大研究领域”列为学科走向成熟的第一个标志[2]。当然，他所说的“扩大”主

[1] 陈思和：《对中西文学关系的思考》，《昙花现集》，上海人民出版社，2015年，第134页。

[2] 樊骏：《我们的学科：已经不再年轻，正在走向成熟》，《中国现代文学论集》（上），人民文学出版社，2006年，第486页。

要是针对现代文学内容性的扩张，但如果我们仔细推敲，现代文学的内容进入世界视野，融入世界文学的历史进程，本身难道不也是属于现代文学的内容，应随着学科的发展而被更多地纳入我们研究的范围？从这个角度来看，海外传播研究除了是现当代文学学科范畴内位于学科边缘地带的一种课题类型，其研究成果和研究态势也都标志着整个学科的发展正在进入新的阶段。

二、研究的向度：三种共同性

至此，我将现当代文学海外传播研究的内涵与一种中国文学“世界文学化”的文学史观念联系在一起。这类研究在现代文学学科内，随着学科的发展而起，形成一片基本围绕“世界文学中的中国文学”主题的研究领域。“世界文学中的中国文学”不是一个静止的研究截面，而是一个动态的进程，是中国现当代文学在世界范围内交流的历史过程。为了强调动态，我在这里还是想换一个动词来描述文学海外传播研究的主题：“汇入”“世界文学”的中国文学。

“汇入”虽然和“走向”一样，有一个以世界为方位的目标朝向，但它不包含主动往这个方向前进的意图，是一个自然融汇的状态。“汇入”和“交流”一样，来自同一个“水流”的隐喻。而“水流”的意象也正好符合歌德在1827年和艾克曼对话中第一次提出现代意义上的“世界文学”概念时期这位诗人脑中的图景：提出“世界文学”（Weltliteratur）概念和“世界文学的时代”之后的几周，歌德读了洪堡关于古巴和哥伦比亚的旅行笔记，特别是其中的巴拿马运河计划工程，便对艾克曼表述了能有多条这样的水路连接世界各个不同大陆和不同国家的希望，暗示精神世界的运河能连接不同民族的文学创作，打破以国别为单位划分的精神空间之界限[1]。像世界上所有通流的川河江洋一样，世界各国的文学创作也都存在相通性，最终将随着历史时间的流动，“汇入”同一个文学空间。

这个共同的世界文学的空间从四面八方汇聚的，是原本就具有“共同”特征的各国文学。研究中国现当代文学的海外传播，首先就是对本民族文学里这种原本就存在的“共同”元素如何推动文学交流，最终使文学汇入“共同”世界空间的考察。陈思和先生把这种“共同”元素称作中国文学的“世界性因素”，可以表现为各国文学里的“共同”现象，是世界各国“共有”的因素，与各文化的独特性因素同存。在他看来，中国现当代文学如何在这种已有的、共同的“世界性因素”中形成与世界的对话机制，是中外文学关系研究的关键问题。事实

[1] 艾克曼辑录：《歌德谈话录》，杨武能译，四川文艺出版社，2007年，第140页。日耳曼文学学者施林姆夫在《歌德的“世界文学”概念》一文中将这段运河开渠的讨论和歌德“世界文学”联系在一起，提出歌德对“世界文学”的核心意象是一个流动联通世界精神空间的场域。参看Hans Joachim Schrimpf, *Goethes Begriff der Weltliteratur*, Stuttgart: Metzlersche Verlagsbuchhandlung, 1968。

上，从“共同”的概念出发的思考，对任何一项传播研究而言都是最基础的工作。就拉丁词源学而言，“交流”（communicare）这个词本身就有一个分享“共同”（co-，mun-）的含义。20世纪以后，随着现代化交流技术方式的迅速发展，英文里交流（communication）一词普遍地多了单向“传播”的意思，包括“播撒”（dissemination）、“散播”（dispersion）、“迁移”（transfer）、“传输”（transmission）等，而关于这些交流方式和传播状况的研究综合起来，与其他社会学科交叉并行，形成了现代传播学（communication studies）[1]。作为一项传播学研究，汇入“世界文学”的中国文学研究从中国文学与世界共同性的向度来展开是无可厚非的。

进一步看这项研究里“共同”的含义，主要是有三种“共同”的地方需要观察。前两种包含在陈思和所说的“世界性因素”的内容里：一种是中国现当代文学在“世界”的观照下发生发展过程中生成的同质特点，也是“影响研究”主要关注的特征。这种文学特征在传播到海外之后可能会因其与西方现代文学的相似性而影响到西方学者与读者的接受程度。比如短篇小说和散文诗这两个新文学从西方文学汲取的题材，研究这类题材作品经过翻译传播到西方世界以后的接受情况就可以从这种“共

[1] 关于传播学说中对“交流”（communication）这个概念的历史研究和解析，参看彼得斯：《交流的无奈：传播思想史》，何道宽译，华夏出版社，2003年；此处所选英文中“传播”相关词汇的中文翻译选自此书的译者前言，第5页。

同”出发。另一种“共同”，是中国作为世界的组成部分，在这里产生的文学作品与其他地区文学创作中相通的地方，比如对人类历史命运普遍性的关怀。举一个尚未得到充分研究的例子，当代作家李洱的长篇小说《花腔》是在国外得到较好传播与接受的一部作品，其译本在英、美、日、韩、德等多国都得到过主流文化媒体的关注[1]。小说采取多视角叙事的互文写作手法，对新历史主义、结构主义等西方现代文艺思潮都有所借鉴；情节上包含了大量中国现代史的内容，以中国现代知识分子从20世纪30年代到70年代的政治经历和命运为主线。这部作品写作技巧上与世界文学“现代性”统一，内容上择取“知识分子命运”这个世界性的主题，分别体现了上述两种与世界同步的“共同”的因素。因此，如果要以这部作品为例来研究当代文学海外传播，这两方面都应有所涉及。

而第三种“共同”，便是传播学研究最核心的部分，也因此最不容易被忽视，即关于共同媒介的研究。回到歌德时代“世界文学”愿景的隐喻，假如中国文学会像河流一样汇入世界文学的海洋，那么除了需要其与海洋共同的水的性质，最重要的还是将河流引入海域的中间部分，一条歌德时期尚未开渠的巴拿马运河。运河是人工开凿的，是一种人为的“共同”联系；

[1] 在近年来的媒体报道和学术研究中，德国译者夏黛丽买下《花腔》版权，以及同是她翻译成德语的李洱小说《石榴树上结樱桃》被时任德国总理默克尔提及的事件反复被作为当代中国文学“走出去”的范式被讨论。

文学的跨国传播也是一项需要经过周密计划、动用各方面人力物资来建构共同联系，以最终达成“汇流”的工程。汇通文学的媒介可以是个人，比如说中国文学的译者、汉学研究者、推介作品的经纪中介、海外评论家、文学活动的策划者、主动出国宣传的作者本人等，也可以是机构组织，包括文化传播机构、中国作协、国际文化交流中心、外国出版集团、多媒体传播平台。汇入“世界文学”的中国文学是各方媒介在全球文化、政治、经济场域里共同作用的结果。因此，要对汇流过程进行全面的分析，针对这些“共同”媒介的探究也是必不可少的。

这三种共同性大致可以概括现当代文学海外传播的研究向度。前两种偏重于现当代文学和比较文学的内容与方法，后一种基本上是传播学学科内的工作。北京大学出版社出版了一套“中国海外传播研究书系”，编者在总序当中将中国文学海外传播研究界定为一个“中国文学与传播学两个基本学科在全球化语境下的耦合而形成的新兴领域”[1]。按照三种“共同”研究的向度来看，这个界定的说法是正确的。值得注意的是，现阶段大部分研究主要属于最后一种媒介共同性的传播学研究，能够结合前两种共同性的传播考察，也就是更偏向现当代文学学科的思考较少。就这套书系而言，在至今出版的六本书当中，有三本几乎可以算是“媒介”研究的资料汇编：《中国当代作家海外

[1] 张健:《“中国文学海外传播研究书系”总序》,《他者眼光与海外视角》，张清华编，北京大学出版社，2015年，第5页。

演讲》(2012) 整理的是作家海外活动，关于作家本人如何作为“媒介”参与到传播当中 ;《思想的时差 : 海外学者论中国当代文学》(2013) 编辑的是中国文学海外汉学接受的资料，选取了来自北美、欧洲、和少数东亚国家作为中国文学外播重要媒介的汉学家群体的论作 ; 至于《中国当代文学中的历史叙事——海德堡讲稿》(2012), 这本国内学者在德国汉学系开课的讲稿，当然也可以看作是以“访问讲学”为文学传播方式，以学术讲座为传播媒介的记载，尽管更确切地说它还是一部学术交流记录。这几本围绕“媒介”的编作，尤其是前两本，都是对文学海外传播研究重要的材料。书系中另外三本，其中《认同与“延异”——中国当代文学的海外接受》(2012) 是由博士论文展开的传播研究，题目虽选择用“接受”一词，实际主要是围绕传播媒介的讨论，包括了一些比较基本的材料梳理，比如文学作品海外出版翻译情况，海外汉学家著述，海外文学期刊中的中国文学论文，等等。在第五章个案研究和第六章针对海外对来自中国的文学创作接受不同情况的原因分析里，作者加入了对现当代文学与世界“共同”性和异质性的内容，以及这些被“认同和‘延异’”的潜质在传播接受过程中的作用。书系中的《他者眼光与海外视角》(2015) 和《当代文学的世界语境及评价》(2015) 都择取了少数几篇涉及中国文学内部与世界文学异同点分析的论文，比如语言和艺术形式在传播中的差异问题和共通可能，但总体上还是以媒介研究的篇目居多。

关于“共同”研究向度还有两点需要补充说明。第一，以中国文学与世界文学“共同”因素为研究向度，并不是说可以忽视中国文学与世界文学完全异质的成分，更不是反对有些研究中西文学关系的学者所倡导的“求异”理论[1]。如上述评论中提到的，中国文学与西方文学的共同性和异质性往往是在同一个维度上出现的。以莫言为例，莫言的小说艺术形式汲取了许多中国特有的民间艺术传统。这些文学艺术特征与外国文学艺术形式自然相异，过分强调这种相异性就会导致研究方向趋于狭窄肤浅，比如有关这些异质特征在莫言小说海外传播过程中对外国读者“异域”心理的吸引力研究。相反，在认识到异质性的基础上以“共同”为向度的研究，重视的是这种中国特有的民间艺术形式是否会构成与世界文学中出现的他民族民间艺术形式的共通，莫言的中国民间描写是否与其他国家作者对“民间”的文学性感知相连，并由这个路径在莫言作品得到海外传播之后，与世界文学形成对话交流。从这个角度看，针对文学“共同”的海外传播研究有可能能够更深入地探索始终与其共存的“相异”。第二，在这里列举现有研究的侧重，并不是要批判此类研究缺乏关于前两种“共同”的文学性思考——毕竟，海外传播研究本身最重要的还是探索中国文学进入世界文学空间

[1] 比较具有代表性的是曹顺庆的“变异学”学说，主张以“不同”和“变异”为重点的文学比较，来讨论异质文化之间的文学联系。具体参见曹顺庆、李卫涛:《比较文学学科中的文学变异学研究》,《复旦学报》2006年第1期。

这个动态过程的复杂性，是关于“传播”与“汇入”的研究。但当我们把海外文学传播的主题界定为汇入“世界文学”的中国文学时，我们的研究对象也就不仅仅是“传播—媒介—接受”的单线机制，还有世界关注下的中国文学作品与世界“共同”的文学因素，以及这些因素是如何在文学交汇的整体过程中得到体现的。而这不但同文化研究学派把传播看作一个文化生活整体的传播学观念相契，也符合传播学这个本来就由“元话语”（meta-discourse）理论构建而成的整合性交叉学科[1]。换言之，这项传播研究确实还有足够空间，可以纳入更多中国现当代文学的学科内容。

三、研究的意义：学科的当代性发展

从呼吁“世界文学中的‘中国文学’”主题研究至今的三十年里，现当代文学研究增添了大量的新内容。除了不计其数的新创作、思潮流派、批评理论、文学现象以外，还有随着时代发展而不断增多的同世界的文学联系。20世纪80年代初起，中国政府组织出版的“熊猫计划”丛书就开始专门扶助当代文学作品的不同语种翻译，大力向海外推广；同时，“冷战”政治

[1] 此学科定义来自美国传播学研究者克雷格在1999年发表的一篇著名的理论文章，文中将传播学理论界定为主要由七种社会学科交叉、指向传播实践的元话语研究领域。参见R. T. Craig, “Communication Theory as a Field”, *Communication Theory*, 9 (2), 1999, 119–161。

格局风云变幻，西方世界新的文化政策对中国文学的关注程度逐日上升，国外汉学家的中国文学研究也渐渐从以古代文学为主的方位，慢慢往现代转向。系乎时序的全球文学气候下，染乎世情的中国当代文学创作在世界语境下的传播、研究与接受得到了很大的发展，与之相应的便是该语境下海外文学传播研究的兴起。20世纪80年代后期到新世纪，将文学海外传播研究作为课题的研究逐年递增，专题类型上也渐趋多元。一些重要现当代作家在各国的传播和接受情况尤其受到关注。2012年莫言获得诺贝尔文学奖，中国现当代文学获得了曾令鲁迅担忧的“能与别国媲美”的国际认可，更多针对莫言和其他当代重要作家在别国翻译文本、接受状况和进一步走向世界图书市场的策略分析等研究陆续涌现。

在进一步追求新的研究成果、扩大传播研究的范围之前，或许还有一个问题需要解答。那就是，这类探讨究竟能给我们的学科带来什么？在前两节中，我说过这种研究虽然处于学科边沿，但它的进展和成果意味着现当代文学研究领域的扩张，因此标志了现当代文学学科的发展。同时，从世界文学角度来看中国文学海外传播的现象，很大程度上是对中国与世界“共同”的文学元素的探究，也因此需要融入更多现当代文学学科的内容和方法。除了这些范畴、内容和方法上的相关，海外传播研究的深化对现当代文学学科的构建和发展还具有的当代性的价值。关于这项研究对学科“当代性”发展的意义，我想最后从以下两个方面来讨论。

首先，这项研究本身具有鲜明的时代特征。现当代文学诞生于全球资本主义业化的成熟时期，文学作品和文学思想从一开始就是在现代传播的技术条件的基础上向世界输出的。随着传播技术的发展，中国现当代文学向外传播的主要媒介也在不断更迭。20世纪初期，中国文学汇入“世界文学”的渠道主要是实体文字印刷，依赖个人跨洋往来的文学撒播。这种传播形式在新世纪互联网时代崛起的时候已经退至二线，被新型文化工业下的大众传媒，以及日渐繁密的虚拟网络的通讯往来所替代。歌德在19世纪初提出“世界文学”概念时，想象的是一个由运河联通的海域，一个能够像交换货物一般交流文学思想的“精神空间”（Geistraum）；两个世纪后的当今，最接近歌德“世界文学”愿景里文学交流的精神空间，大概是遍布各地的、无时无刻不在世界范围内运载、撒播数据的信息网络，而不是某个装载各语种纸质书籍的运河港口。传播技术和媒介的变革带来的是整个社会和各种观念的剧变，不仅会在我们新时代的文学创作中呈现，更直观的体现或许还是在文学传播方式和文学交流现象的变动当中。比如，近年来一些当代文学作品的海外传播研究都注意到文学作品影视化在文学国际传播过程中的作用，因而选择将研究重点放在影视媒介上。这种观察和角度不但没有脱离文学研究，反而通过对媒介的思考，回顾文本与世界“共同”的因素，并在与新的时代相结合的过程中，从而推动中国现代文学研究的前进。事实上，每一项现当代文学的海外传播研究都需要着重考虑所研究的时代背景与最主要的交流方式，都要从文学作品和作品的传播特征中捕捉超越国别空间的时代精神。而由于现在大多数研究的时间下限都是不断延展的如今，这种研究就充斥着最新的时代的内容和特征，或者借用樊骏对现代文学学科发展的期待来表述，充斥着现代文学“当代性”的命题[1]。

此外，一项海外传播研究若要能够具有樊骏所指的“当代性”，除了要有对当代文学环境和传播媒介的追踪，还需要能够为学科建设带来新的时代内容，建立有时代特征的新的学科理解，塑造具有“当代性”的文学观念和批评标准。我们知道，以往中国现代文学在学术上与海外汉学的交流曾影响过学科观念和理解，对学科的重构与发展有一定意义。比如夏志清的《中国现代小说史》从西方文学史学术体系出发梳理现代小说的发展，对现代文学史的重新书写和整个文学审美观念都带来了一定冲击。当然，西方汉学接受只是汇入“世界文学”的中国文学的传播研究里一个相对外围的部分，对这项研究更重要的

[1] 樊骏这样表述文学研究的当代性：“如今，在创作上理论上和对于文学历史的分析评价上都比过去更多地也更为严格地要求文学作品的审美价值，包括对于‘五四’以来的作家作品为艺术现代化所做的探索、实践和成果进行发掘和探讨，作出新的评价，不但合理，更是今天应该和必须实现的……正是在与时代的这种联系中，不但看到了基本观念发生变化的客观原因，同时也揭示了新的现代文学观所具有的新的时代内容和特征，即我们所说的当代性。”樊骏：《论中国现代文学研究的当代性》，《中国现代文学论集》（上），人民文学出版社，2006年，第285页。

可能还是海外一般受众群体对中国文学的接受，以及文学交流过程中个人和历史的面貌。换一个说法，这项研究的一个学科性的任务是带着历史感，将以世界为场域的当代文学场景进行再现与分析。这个研究过程会涉及不少扩至全球范围的社会性史料工作。这些史料的挖掘，就是将新的具有“当代性”的内容——中国文学“汇入”世界文学这个方向的内容——增添到我们的学科当中。而对这些材料的分析，便是从“文学”本身作为世界性交流媒介的一种当代视角，对中国现当代文学的历史叙述和审美标准等文学观念进行重新评定。

这样看来，汇入“世界文学”的中国文学研究，指向的是中国与世界正在经历这场前所未有的密切文学交流的当下，观察的是当代的“社会现实和文学现实”。将这类研究纳入现当代文学学科体系，一方面扩大了学科的研究领域，另一方面能为学科带来富有时代性的内容和发展新时代文学观念的可能，为这门学科的“当代性”发展带来积极作用。20世纪90年代中期，樊骏曾将现代文学学科的未来设想为一个消解原有格局的过程：“把现代文学研究纳入更大的学科之内，或者重新构新的学科”[1]。这个学科消解的构想和他对现代文学“当代性”的追求是统一的。随着时代的发展，中国现当代文学一方面容纳新时代的内容、观念和研究，一方面汇入也处于历史嬗变之中的“世

---

[1] 樊骏：《我们的学科：已经不再年轻，正在走向成熟》，《中国现代文学论集》（上），人民文学出版社，2006年，第521页。

界文学”时空。学科“当代性”的发展也可以说是不断地将更具有“当代性”的内容纳入学科研究当中，不断拓展学科外延的过程。或许，中国现当代文学海外传播研究这个目前处于学科边缘的研究工作，也会在未来学科“当代性”的发展和重构中，找到新的位置。

本文删减版原载《文艺报》2018年6月25日

论德语世界的中国现当代文学传播

回顾德语世界中国现当代文学传播与接受的历程，可以清晰地看到与其他欧美国家迥然有别的形态与特征，特别是1949年以后，在冷战背景下，联邦德国和民主德国所呈现出的分叉而相似的接受形态。西德知识界经历了1968年的革命狂热，往往从中国当代文学中汲取意识形态养分，塑造自己心目中的理想“中国”形象；而东德汉学家在国家政策的主导下，对中国现当代文学的译介与研究总是立足于社会主义政治意识形态需求，显示出冷战格局下政治同盟的文化姿态。到了1980年代以后，双方几乎同时出现了在文学中寻找“真实”中国、反思本土社会现实的诉求，对中国现当代文学的接受逐渐走向合流，开始遵循德语文学机制的运作规律，但依然不脱意识形态色彩。对德语世界来说，中国现当代文学既是传播与接受的对象，某种意义上，也是反观自身、表达立场的某种“装置”，伴随着知识界的诉求、德国汉学的发展和政治时局的变迁，形成了兼具个人审美和政治参与、本土传统守卫和异域文化瞭望的辩证性特征。总结和阐述延续至今的辩证性特征，对于思考德语世界中国现当代文学传播的未来走向无疑有着重要的参考价值。

一

第二次世界大战以前，德语世界中国现代文学的传播极为有限，乏善可陈。一方面中国现代文学起步不久，尚未引起德语世界的关注，另一方面德国汉学界也刚刚开始争取学术独立，更加倚重传统的中国古典文学研究。一直到魏玛共和国（1919—1933）结束，都很少有中国新文学作家作品受到汉学家的关注。虽然鲁迅的几篇短篇小说在20世纪二三十年代已经有了德语译文，但一直到1955年才出版了由卡尔莫（Josef Kalmer）翻译的第一本鲁迅选集《漫长的旅程》（*Die Reise ist lang*）。相比较而言，胡适在该时期德语知识界的名声和影响要远远超过鲁迅，他对新文学运动的贡献在1920年代初的德语学界就已经得到介绍。[1] 当然，所谓的影响还是局限于以汉学界为核心的德语文化圈。唯一的例外要数“二战”前夕发行的德语世界第一本中国新文学德译本《子夜》（*Schanghai im*

[1] 参见范劲：《二十世纪二三十年代德国汉学对胡适的接受》，《文艺理论研究》2006年第5期。

Zwielicht)，[1] 在不断恶化的政治环境中，却获得了超乎寻常的反响，当年的发行量为4000册，1939年又加印了2000册。[2]“二战”期间，虽然德国汉学研究表面上没有倒退，甚至规模上还有所扩大，但是大批优秀学者离开德国，迁居海外，整体学术水平陡然下降。[3] 德语世界的中国现代文学传播也几乎完全停顿。《子夜》之后，第二本中国新文学德译本《骆驼祥子》(*Rikschakuli*)迟至1947年才由瑞士一家出版社出版。战后德语世界的中国现代文学传播，在卡尔莫这些独立中介人的推动下，开始从狭小的汉学圈渐渐扩展至知识大众，迎来了战后文学传播的一线曙光。

可惜的是，1949年德国被划分为民主德国和联邦德国，成为苏美冷战意识形态的战场，原来的德语知识界分崩离析，或衔尾政治风向，或高蹈超脱，或反抗逆行，给中国现当代文学

---

[1] 根据1997年梅茨勒(Metzler)出版社发行、由沃尔夫冈·勒西希(Wolfgang Rössig)主编的《世界文学德译著作目录》(*Literaturen der Welt in deutscher Übersetzung: Eine chronologische Bibliographie*)记载，第一本被翻译成德语的中国现代文学作品是出版于1931年的鸳鸯蝴蝶派小说《歇浦潮》(*Fräulein Chang*)。

[2] Hatto Kuhn, *Dr. Franz Kuhn (1884—1961): Lebensbeschreibung und Bibliographie seiner Werke*, Wiesbaden: Franz Steiner Verlag, 1980, 70.

[3] 有关“二战”期间德国汉学的历史，柯马丁的文章《德国汉学家在1933—1945年的迁移——重提一段被人遗忘的历史》比较完整地记录了汉学家向以美国为主的海外迁移，对德国汉学的发展造成了深远而负面的影响；还有舒欣的《汉学研究机构抑或舆论宣传的工具？——谈第三帝国时期位于上海的德国文化研究院的职能》也谈及该时期德国汉学机构的分化。两篇论文均收录于马汉茂、汉雅娜主编的《德国汉学：历史、发展、人物与视角》，大象出版社，2005年。

传播烙上了深刻的意识形态印记。从民主德国来看，所译介的中国现当代文学作品全部是符合社会主义意识形态的创作，体在显示出冷战格局下政治同盟的文化姿态。比如1951年被苏联授予“斯大林文艺奖”的《太阳照在桑干河上》和《暴风骤雨》，1952年和1953年就由俄语转译为德语在东德发行。[1]1959年为纪念新中国成立十周年，还特地编选出版了《三月雪花》（*Märzschneeblüten*），译介了鲁迅、茅盾、老舍、巴金、柔石等作家的作品。有意思的是，联邦德国的中国现当代文学传播，同样带有鲜明的政治色彩和政治诉求。从1960年代初开始，西德文化界就质疑所谓的“纯文学”（Belletristik），越来越注重文学的社会政治意义。这种对文学社会政治功能的诉求到1968年学生运动时期达到了顶峰。1968年，西德左翼刊物《时刻表》（*Kursbuch*）第15期发表了四篇鲁迅作品的德译文，都是鲁迅关于革命与文学的杂文。除此之外，该期杂志还专文介绍了中国“文革”前后的文学状况。他们关注的与其说是“文学”，不如说是文学背后承载的社会政治意涵。

随着1976年“四人帮”倒台，东西德知识界均受到了巨大的冲击，亟须重新拼合破裂的红色“中国”形象。[2] 特别是西德

---

[1] Eva Müller, “Chinesische Literatur in der DDR”, in Adrian Hsia and Sigfrid Hoefert (hrsg.), *Fernöstliche Brückenschläge zu deutsch-chinesischen Literaturbeziehungen im 20. Jahrhundert*, Bern: Lang, 1991, 205.

[2] Wolfgang M. Schwiedrzik, “Vorwort”, in *Literaturfrühling in China? Gespräche mit chinesischen Schriftstellern*, Köln: Prometh-Verl., 1980, 22.

知识界开始反思此前过于功利的政治诉求，以纠正对中国与文学“中国”形象的误读。这种纠正本身依然带有浓重的政治色彩，但引发的则是急剧上升的对中国的文学需求，这种需求又呼应了中国新时期文学的蓬勃发展，1980年代德语世界中国现当代文学传播由此迎来了空前活跃的新阶段。据统计，这十年间中国现代文学德语译著数量过百，远远超过此前所有中国现代文学德译本数量的总和。[1]尽管1980年代中国文学创作从内容和形式均发生了巨大的转向，新的审美追求冲淡了政治浸染的印痕，但由于德语世界的文学期待依然与知识界从文学中探寻真实“中国”的愿望大体重合，德语世界的中国现当代文学传播并没有褪去太多的政治染色，政治化的审美选择仍然如影随形，延续至今。[2]

2018年9月，74岁的德国作家布赫（Hans Christoph Buch）谈到他四十多年前编译鲁迅作品选集《论雷峰塔的倒掉：中国文学与革命文学选》（*Der Einsturz der Lei-feng-Pagoda: Essays über Literatur und Revolution*）的缘起时，用两组矛盾的短语追忆1968年革命运动喧嚣中第一次在《时刻表》上读到鲁迅杂文时的感受：“（鲁迅的文字）非常个人化，但同时也很政治化。

[1] 孙国亮、李斌：《中国现当代文学在德国的译介研究概述》，《文艺争鸣》2017年第10期。

[2] 参见顾文艳：《中国现代文学在德语世界传播的历史叙述》，《中国比较文学》2019年第3期。

很主观，同时又不那么主观。”[1]鲁迅极具感染力的文字，对当时西德左翼政治运动的观点和看法颇有启迪。布赫在[illegible]到了一种异于本土又与欧洲知识分子传统一脉相承的文学精神，一股足以在西德尚未平息的革命浪潮中激发个人反思的文学力量。布赫时隔五十年后的回顾和评价耐人寻味，在“个人／政治”和“主观／客观”两组看似矛盾的语词之间，这位自始至终坚持文学性的主观审美和政治化的客观参与相结合的德国作家，安放了他和他的同事们面向远东的文学守望——对本土精神传统的“守卫”和对异域社会文学的“瞭望”。这种放眼异域又心系本土，兼具个人主观性与政治客观性的文学印象，或者说辩证性的文学接受，既是1970年代前后德语世界中国现当代文学传播的基本特征，也是1980年代以后德语世界中国现当代文学传播的基本脉络。

这突出表现于1970年代前后西德社会对中国现当代文学的接受。一方面，1968年革命的躁动未尝平息，躁动中的西德左派对“中国”形象的理想化和政治异域化不断加剧，亟须从尚未真正开放的中国（1972年中德建交只能看作外交起点）获取“事实”信息来虚构这个具体的“乌托邦”，也渴求以异域中国的文学来装点自己“红色”的革命续梦；另一方面，逐步进入

[1] 布赫所用德语原句“Sehr persönlich, aber auch sehr politisch. Also sehr subjektive, aber auch unsubjektiv.”，见附录《个人与政治之间——布赫访谈》，顾文艳：《辩证性的文学守望：中国现当代文学在德语世界》，中国社会科学出版社，2022年。

历史反思的西德知识界在个人化的文学接受过程中，也开始纠正政治教条宣传中空泛的“中国”形象。来自中国的现当代文学作品，既将左翼知识分子所憧憬的社会主义乌托邦式的中国形象“具体化”，从而维系甚至强化了对中国的政治异域化，同时又在主观性文学表达的过程中，修正对中国过于简单化的异域想象。换言之，1970年代前后，联邦德国的中国现当代文学传播，充斥着对本土社会现实的诉求和对异域政治参照的渴望，出现了布赫所谓主观个人化与客观政治化两种不无矛盾的接受倾向，也相应地形成了对文学“中国”形象“政治异域化”和“反异域化”的两股力量。

这种辩证性的文学接受与精神守望，也贯穿了中国现当代文学在整个德语世界传播与接受的历程。西德抗议运动之后由左翼知识分子主导的中国文学“政治异域化”译介，在中德外交关系正常化的过程中，逐渐演变为“反异域化”的译介，中国现当代文学成为通向“真实”中国最可靠的桥梁。在基于本土、放眼异域的社会需求中，以及由中国改革而带来的开放的交流状态下，德语世界迎来了中国现当代文学的传播热潮。主导的德语群体，虽然包括在历史反思和个人情结中寻找“真实”中国的左翼知识分子，但是，传播的核心群体已经转向了专业的中国文学研究者。与此同时，东德与中国的文学交流在经历了密切的1950年代，以及意识形态冲突下“断裂”的1960年代和1970年代之后，到了1980年代也随着政治外交关系的转暖而逐渐恢复正常。在东德官方政策引导下的中国现当代文学传播，虽然很少出现类似西德知识界对中国的政治异域化想象，但是显性的外部条件始终框定了文学交流的基本格局，中国文学的译介出版与汉学知识生产的政策性导向互为依存。特别是平行的社会体制和相似的文艺政策，决定了中国现当代文学的现实呈现和东德文学的现实书写在内容和形式上的相似。东德的中国现当代文学传播也可以视作他者文学镜像中的自我观照，同样也是植根本土而眺望异域、政治化又试图超越政治化的辩证范式。

到了1990年代，此前分别从东西德各自政治需求出发，同时指向本土社会现实的中国文学守望，汇入了共同的文学接受场域，逐渐凸显以西德市场化模式为主的接受机制。通过这种既充满偶然性又遵循运作规律的德语文学机制各个环节的加工制造，中国现当代文学进入德语文学市场和公众视域，产生了多元共生的接受形态，也继续留存着1970年代以来政治化文学接受范式的矛盾：一方面，在德语文学公共领域对作家作为知识分子社会参与的期待视野下，接受主体视域中的中国作家群体出现了以政治立场划分的二元对立式作家身份结构；另一方面，这种简单化的政治分类不断受到德语接受主体的质疑，同时也在中国文学多元形态和作家身份多重复杂的现实中得到消解与重构。可以说，中国现当代文学在当今德语文学公共领域机制化的传播与接受，仍然带有1970年代西德革命退潮时期接受主体兼具主观个人审美和客观政治参与、本土传统守卫和异域文化瞭望、政治异域化和反异域化倾向的辩证性特征。

二

特别值得注意的是，这种辩证性的文学守望渗透到了更深的接受层面，留存于东西德文学创作者的作品当中。一般而言，我们所讨论的中国文学海外传播都停留于翻译、阅读与研究的层面，而真正的影响还应该体现于中国文学对他国文学创作的影响。虽然德语世界中国现当代文学译介的体量未必贴合人意，但就影响的深刻性和传播的契合度而言，德语世界的中国现当代文学传播显然是独树一帜的。差不多在同一时期，东德和西德两位具有代表性的著名作家恩岑斯贝格（Hans Magnus Enzensberger）和克里斯托夫·海因（Christoph Hein），根据鲁迅的《起死》和《阿Q正传》，分别改写了广播剧和舞台剧，构成了一种“承文本关系”。热奈特将通过简单改写或间接改造，从先前某部作品即“蓝本”（hypotexte）中诞生的文本称作前者的“承文本”。[1] 借用热奈特的定义，“承文本”就是一种以文学创作为形式的异域文学接受，是从中国现当代文学中“派生”

---

[1] 热拉尔·热奈特:《隐迹稿本》(节译),《热奈特论文集》，史忠义译，百花文艺出版社，2001年，第63—65页。

出来的德语文学创作。在跨文化的“承文本”关系中，恩岑斯贝格和海因基于鲁迅“蓝本”的再创作不仅体现了德语世界对异文化“蓝本”的理解，而且还把这种理解融入了接受者基于自身文化的文学生产当中。

早在1968年作为《时刻表》创刊主编推介鲁迅的西德作家恩岑斯贝格，1978年根据鲁迅《故事新编》中的启蒙寓言《起死》改写了广播剧《死者与哲学家》(*Der tote Mann und der Philosoph*)，传达出作者对革命时代文学观念与政治激进化的反思与矫正。通过夸大鲁迅原作中对知识分子的嘲讽，颠覆故事情节，恩岑斯贝格把鲁迅对自诩为启蒙者的中国现代知识分子的反讽，转换成西德知识分子革命幻灭者的讽喻，重新反思抗议运动时期过度政治化的文学诉求与文学规范。《死者与哲学家》对《起死》的文本承接，显然不只是故事情节和人物形象的夸张化改编，而是表征着抗议运动之后恩岑斯贝格对鲁迅思想尤其是启蒙悖论的文学接受和转换，把鲁迅有关启蒙主体的怀疑置换到了后革命时代西德的政治语境。因此，寓言化的、被反转颠覆的“起死”指向的是1968年反权威抗议者呼吁的“政治启蒙”。无独有偶，1983年民主德国作家海因从《阿Q正传》蓝本中提取了寓言性的创作元素和人物设定，改编创作了舞台剧《关于阿Q的真实故事》(*Die wahre Geschichte des Ah Q*)。阿Q的命运故事和形象特征在海因的剧本里得到了重组分配，拆分、重塑成20世纪的现代知识分子，形成了“之间人物”阿Q和知识分子王胡两个主人公。作者以反讽式情景舞台剧的形式重新改写了鲁迅的阿Q寓言，完成了对阿Q“革命”寓意的创造性解读。在其解读中，寓言时空时而置换到民主德国，时而扩展至整个围绕“革命”话语的20世纪，人物寓意则指向作为整体的现代知识分子，指向他们游离于革命前后，喧嚣与虚妄之间岌岌可危的存在。无论是海因还是恩岑斯贝格，他们在个人创作中对鲁迅的“承文本”接受，都把对各自社会现实的反思放置到鲁迅“蓝本”的文本架构之中，选择其中与本土社会相通的部分点染、糅合和重塑，这样的重写当然是指向本土历史和现实社会的再创作。从这种“承文本关系”中，可以看到冷战后期东西两德对以鲁迅为代表的中国现当代文学的接受，都有从异域文学中汲取本土化灵感的尝试，同样具有文学政治化和反政治化的辩证特性。

可以说，从德语主体出发的辩证性文学守望，贯穿于德语世界中国现当代文学的传播的始终，辩证性的接受范式既是传播主体与中国建立文学交流的推动力量，也直接引导了德语主体对中国文学从整体到个体的全方位的审度。鲁迅的传播与接受应该说是其中最具代表性的个案。在德语世界的文学接受视域中，鲁迅不仅是当之无愧的中国现代文学经典作家，也是现代中国核心的政治文化符码，在不同时期，基于不同的社会政治需求和迥异的“中国”形象想象，都有可能在鲁迅这里找到其文学表征。抗议运动时期激进的西德左派将鲁迅视作来自理想异域中国的革命启蒙家，或者按照恩岑斯贝格在《时刻表》第15期中的话来说，是能够促动德国社会知识分子“政治扫盲”的中国文学家[1]。待革命浪潮退去，鲁迅又成为反思过度政治化的知识分子作家的代言人。如果说布赫1973年的鲁迅选集《论雷峰塔的倒掉》主要通过翻译文本的阐释性介绍，对1968年作为中国文学革命家进入西德接受者视野的鲁迅形象进行填补修饰，那么恩岑斯贝格在1970年代以后对鲁迅的重新接受，无论是《死者与哲学家》中对启蒙知识分子讽喻式的“承文本”接受，还是在杂文和公众演讲中对鲁迅的评述性接受，都体现了恩岑斯贝格本人对曾经的政治参与和文学政治化呼吁的反思与修正。尽管如此，这种反思和修正并没有排斥从主体政治和社会参与角度出发的文学接受。在2018年出版的随笔集《幸存艺术家——20世纪的99幅文学群像》中，恩岑斯贝格把鲁迅作为唯一的中国作家列入了他本人的世界文学接受图景。鲁迅文学“肖像”（Vignette）的开篇，恩岑斯贝格就否定了曾经在《时刻表》中将鲁迅与中国文化革命联系在一起的理解，强调鲁迅个人独立于政治体制的文学与社会理想。此时，业已步入耄耋之年的恩岑斯贝格看重的，依然是鲁迅作为一名独立的现代知识个体既坚守个人立场又心系国家社稷的批判精神：

[1] Hans Magnus Enzensberger, "Gemeinplätze, die Neueste Literatur betreffend", *Kursbuch* 15, 1968, 197.

> 一个政治体制，一个能够接纳他的忧郁，他的孤独和悲观，还有他自我反讽的政治体制，至今尚未被发明出来。……当然，当今中国告别落后、动荡、内战、侵略和统治的状况一定会令他感到欣慰。而如今的这一切也都有鲁迅本人方方面面的功劳：他是（中国）较早的激进的女权主义者，尽管这样的立场在当时的环境下是完全被排斥的；他向精英文人特权性的语言发起了挑战，其影响至今尚存；古时抵御北方胡人的伟大的长城受他诅咒，传统中医也被他认作江湖骗术。[1]

直至今日，恩岑斯贝格对鲁迅的认知依然带有学生运动时期推崇的“反权威”式的知识分子理想。即便早在1970年代已同西德左派疏离，将过去的政治参与归结为“参与观察者”身份下的个人实验，恩岑斯贝格的文学追求始终保留着对作家主体社会参与和政治批判的冀望。在这一点上，他和布赫、海因等活跃于德语文学公共领域的接受个体如出一辙。恩岑斯贝格曾经批评欧洲公共知识分子按照“是否有社会参与感”的标准简单化划分作家，特别指出对鲁迅的接受理应超越这种二元对立式的衡量标准，但是，恩岑斯贝格如今把鲁迅列为20世纪“文学群像”一员时，最为注重的仍是鲁迅在文学表达中的社会性

[1] Hans Magnus Enzensberger, *Überlebenskünstler: 99 literarische Vignetten aus dem 20. Jahrhundert*, Berlin: Suhrkamp Verlag, 2018, 67.

参与，即对社会成规的挑战：性别习俗（男权社会）、语言传统（文言文）、政治象征（长城）和知识权威（中医）等构成了社会权力体系的方方面面，也是鲁迅不遗余力批判的对象。植根于文学创作的社会批判以鲁迅的文人身份为前提，也反向形塑了恩岑斯贝格等人心目中鲁迅与欧洲现代知识分子精神传统相通相承的作家身份。因此，恩岑斯贝格对鲁迅的“肖像”描摹，既强调独立于政治的文学性个人特征（忧郁、孤独、悲观、反讽），又重视作家的社会参与。这种接受状态同样可以用布赫回忆中有关主观“个人化”和客观“政治化”的辩证性来概括，也是从本土传统出发对异域知识分子人文精神的守望。

德语世界对鲁迅的接受经历了从革命时期作为政治理想（西德）与意识形态（东德）的“中国”形象承载，到后革命时代引起文学寓言性的启发与反思，再到机制性的鲁迅的文学经典化。以文学“经典化”为策略导向的瑞士联合出版社在1990年代出版了顾彬（Wolfgang Kubin）主编的六卷本《鲁迅文集》，是目前德语世界最完整也是最具代表性的鲁迅译介成果。对于鲁迅的辩证性接受，几乎是德语世界中国现当代文学传播的缩影，大致勾画了过去四十多年来中国现当代文学在德语知识界和公众视野中的接受轨迹：从政治异域化和意识形态化的“中国”形象构建，到寻找中国“真实”与现实的文学反思，再到文学机制性的交汇。德语主体的中国文学接受视线始终徘徊于文学性的个人审美和政治性的社会期许之间，游离于异文化透视和自我社会映照之上，形成一种辩证性的文学守望。事实上，鲁迅之所以能够成为德语世界中国现当代文学辩证性接受范式的核心代表，除了无可比拟的经典地位，还与鲁迅辩证性的思想行文以及文如其人的作家风骨相关。借用布赫1973年译本后记中的表达，鲁迅的文字和为人都透露着一种“朴实无华的辩证精神”。[1]这种辩证精神，一方面外化为中国现代文人身上鲜明的知识分子精神传统，另一方面内炼成布赫所说的主观“个人化”感知和客观“政治化”审视的结合，或者说作家个人文学理想和集体社会参与的中和。

三

在文学高度机制化的今天，以鲁迅接受为代表的辩证性接受范式依然主导着德语世界中国现当代文学传播的总体态势。这种范式潜藏于德语文学机制生产、分发和接受中国现当代文学的各个运作环节，决定了不同类型的文学作品在文学传播机制中的不同路径，也决定了不同类型的中国作家在德语文学公共领域中的不同地位。这种辩证性接受范式其实对应的是普遍存在于德语接受主体文化思维中的区分结构，即按照作家政治

[1] Hans Christoph Buch, “Nachwort”, in Lu Xun, *Der Einsturz der Lei-feng-Pagode: Essays über Literatur und Revolution in China*, Reinbek bei Hamburg: Rowohlt, 1973, 196.

立场将中国作家文本外的“身份”，进行“异议／官方”“有／无社会参与感”“体制外／体制内”等二元对立式的划分。德语世界接受主体通过对文本内作家“姿态”的细读，又对这种二元结构有所批评和反驳，最为突出的例证就是对北岛和莫言的不同评价。应该说，北岛和莫言是德语世界译介最多、也在文学公共领域得到较多关注与讨论的中国作家。可是，两位作家在政治立场和身份选择上的差异，使他们正好象征性地位于二元对立式作家身份结构的两极，一个是异议作家，一个是官方作家；一个是体制外作家，一个是体制内作家。当然，德语世界对两位作家的政治化勘定，未尝没有接受方审美取向和艺术鉴赏力的个人流露。比如，20世纪八九十年代对德语大众的中国文学接受起到导向作用的批评家马汉茂（Helmut Martin），在阅读北岛的过程中提炼出其“清醒”的语言特征，把北岛同德国战后一代作家进行类比，将北岛个人的政治立场融入诗歌美学意义上的“反抗”姿态。这实际上是联系作家文本外“身份”和文本内“姿态”，结合北岛政治立场和文学表达的一种读法，也是基于本土历史经验和文化传统对异域文学精神的探索。有意思的是，马汉茂1990年代对莫言的接受，同样是将文本内的“民间”书写和艺术特征，勾连到文本外作家的批判立场和社会关怀，突出了莫言作品中反叛式的批判精神，与多年后德语公众舆论和媒体报道中莫言“官方作家”的形象大相径庭。马汉茂对两位中国作家融合文本内外、结合政治与审美的评价，至今可以在由文字、视听和事件等文学传播媒介维系的德语文学公共领域中找到回声。无论是以文学期刊和报纸文艺版面为代表的书面文学批评，还是广播电台文学节目中的视听讨论，抑或是围绕法兰克福书展这类文学事件的众说纷纭，德语世界对北岛和莫言的接受在参照二元对立身份框架的同时，也在文本解读和审美评说中注入了对中国文学过度政治化接受的辩证反思。

这种辩证反思，从外在表现来看，一方面可以表现为文学公共空间围绕具体作家作品的争辩，比如莫言2009年作为官方作家代表在法兰克福书展的亮相，到2012年获得诺贝尔文学奖之后在德语文坛产生的争议；另一方面也可以表现为文学机制化进程中作家身份的多元结构和文学形态的复杂化，特别是1990年代以后德语世界对中国作家复杂身份的结构重建。从内部表现来看，辩证反思也体现于德语世界接受主体文学观念的变化，最具代表性的是对德语世界中国现当代文学传播厥功甚伟的顾彬。顾彬从1970年代开始作为德语文学机制中生产环节的参与主体，其翻译理念带有鲜明的个人色彩，作品解读也坚持个人化的评判标准。他对北岛、莫言两位作家的批评路径明显异于马汉茂等人文学社会学式的探究，尽管其中也蕴含了知识主体的文学洞见和自我观照下的精神探求。无论在翻译、研究还是文学史书写中都强调文学“美学标准”的顾彬，对北岛高度评价背后是他本人与翻译对象共同的文学追求——对古典的偏爱和对西方现代诗歌传统的继承，而他对莫言的批评，也立足于个人精英文学意识和日耳曼文化教养下形成的审美取向。顾彬回归文学的评价标准，一方面对德语世界政治化的作家身份结构和文学解读带来挑战，另一方面也凸显了一种从欧洲本土精神传统和道德理性出发，实际上与政治标准相伴共生的美学接受。顺便一提的是，这种与政治标准相伴共生的美学接受，也是西方世界面对中国现当代文学的基本接受模式。比如英语世界的中国当代文学传播，1980年代以前基本上都是政治意识形态的取向，到了1980年代以后才逐渐转向审美性的取向，但这种审美性取向又始终与政治意识形态的取向如影随形。[1] 无论是德语世界，还是英语世界，或者其他西方世界，中国当代文学的海外传播总难免政治性与审美性的博弈。

总之，在接受主体个人文学观念的引导和道德理性批判的推动下，在多元化文学机制的运作中，中国现当代文学在德语世界的传播与接受，延续着1968年以来西德知识界辩证性的文学守望，在文学政治化接受范式中发展出机制化的传播路径，完成了接受范式的自我反思与重构。贯穿中国现当代文学在德接受历程的文学守望由两组看似对立，实可统一的辩证性特征组成：一是同时存在政治化和反政治化的文学接受倾向，二是同时指向德语接受主体和中国文学对象的接受形态，这也是“守

---

[1] 参见季进:《作为世界文学的中国文学》,《中国比较文学》2014年第1期。

望”一词有关本土“守卫”与异域“瞭望”固有的辩证属性。前者由德语文学接受主体（个人文学理想）和接受场域（强调政治批判功能的德语文学公共领域）所决定，后者代表德语接受主体对本土知识分子精神传统的延续与展望。从冷战后期东西两德知识分子、德语作家主体、德语文学机制到作为接受对象的中国作家，两组辩证性的特征就潜藏于德语世界中国现当代文学传播全景图的各个角落，贯穿了当代中德文学交流发展史的始终。

钱锺书在《中国诗与中国画》一文中说："我们阅读当时人所信奉的理论，看他们对具体作品的褒贬好恶，树立什么标准，提出什么要求，就容易了解作者周遭的风气究竟是怎么一回事，好比从飞沙、麦浪、波纹里看出了风的姿态。"[1]从德语世界的中国现当代文学传播中，可以清晰地看到接受主体的政治诉求与政治反思。对于德语世界的接受主体来说，文学从来不是单纯审美性的，它们同样也是一种具有政治性与反省性的文本。换句话，中国现当代文学既是传播的对象，某种意义上，也成为德语接受主体反观自身、表达立场的“装置”。特别是在特定的冷战背景下，世风同一，遍被华林，对中国文学的认识与接受无论如何都跳脱不了政治意识形态的魔障。德语世界中国文学的译介接受，并不存在政治和审美的绝对分野，更确切地

[1] 钱锺书:《中国诗与中国画》,《七缀集》，上海古籍出版社，1994年，第2页。

说，德语接受主体的文学目光中始终忽闪着政治性的诉求，正如政治化的文学审视也始终伴随着对政治化的文学反思。事实上，所谓政治化的文学接受方式，就是德语接受主体基于本土社会诉求，在一个本身趋向政治功能的文学公共空间里的精神流露。即便是海因和恩岑斯贝格对鲁迅作品纯粹以“文学创作”为形式的“承文本”接受，也隐藏着两位作者从各自社会现实出发的政治化接受意图，用鲁迅极富政治寓意和社会所指的文本建构，承载作者对东西德政治语境下知识分子身份境况的思考。当然，不同接受主体在不同历史时期的政治化趋向程度各有差异。比如1990年代两德统一以后，中国现当代文学在汇入整体德语文学机制的过程中，一定程度上淡化了政治因素的影响，尽管政治或外交事件仍然可能对接受主体的评判带来直接的作用。

沟口雄三曾经提出“作为方法的中国”，希望改变以欧美为方法、以中国为对象的研究模式，而代之以以中国为方法、以世界为对象的研究路径。[1] 如果借用他的说法，目前德语世界的中国现当代文学传播，更多的是以德国为方法、以中国为对象的接受。德语世界中国现当代文学的传播，牵连起了更为悠远而复杂的现代德国的社会政治与思想文化，德语文学接受主体无论是倾慕异邦，还是立足本土，都不脱借浇块垒的辩证反思，

[1] 参阅沟口雄三:《中国的思想》，上海人民出版社，1997年。

守望的依然是共同的知识分子传统与精英文学精神，这也将在未来相当长的时间内，决定了德语世界中国当代文学传播的基本走向。假以时日，未来德语世界中国文学海外传播的理想状态，应该是接受主体从中国文学的现场出发，充分挖掘与理解中国文学独特的审美追求、情感表达、历史反思与现实呈现，从中国文学的本土经验中建构起中国文学的生动场景，从而与德国文学等其他文学一起，共同汇成具有普遍性的世界文学图景，甚至再反观德国文学自身，彰显出世界文学的多元性与丰富性。这不仅是对德语世界接受主体的挑战，也是中国文学与中国文学海外传播面临的巨大挑战。

第三辑

“疯癫”的修辞
——宁肯《沉默之门》中的反讽性因素

在中国现当代文学史上，关于“疯癫”的书写往往触及一种个人在面对理性主体时的逆反性自觉。从五四时期狂人式的批判呐喊到1980年代先锋小说中精神病式自我怀疑的叙述，病理学上的“疯狂”作为非理性的力量在文学作品，尤其是在小说作品中层见叠出，向文本内外通常与权威相联甚至相等的“理性”发出挑战。[1]无论是疯子狂人的形象构型还是疯言乱语的叙事逻辑，还是直接关于精神病症与精神病机构的描述，文学中的“疯狂”都在一定程度上代表了作者对文本世界或者现实世界，甚至对这两个本应由理性主宰的世界同时的逆反姿态。这种以非理性意识为形式的文学上的逆反，在历史性解读过程中可以看作对社会道德机制乃至政治意识形态的反叛，旨在动摇甚至

[1] 杨小滨将中国现当代文学中的疯狂叙事看作对从“五四”知识现代性到“文革”政治现代性文化范式发展中历史叙事主体的解构。参看杨小滨：《中国后现代：先锋小说中的精神创伤与反讽》，愚人译，上海三联书店，2013年，第33页。

颠覆理性主体的统治地位。

如果说精神上的“疯狂”症候在文本中获得颠覆性意义，进而成为文学上的“疯癫”，那么这种“疯癫”在文学语言层面平行的表达所指向的也必然是一种具有逆反、否定与颠覆作用的修辞。反讽是修辞学中最具“逆反性”的辞格。事实上，反讽的定义就是建立在文字的“倒反”与意义的“逆转”之上的。西方修辞学传统重视反讽在修辞手法与文本构建上的否定性意义，尤其在现代与后现代文艺理论中，关于反讽的讨论已从对其作为修辞手法的分析演进到形而上的概念解释。解构主义就强调反讽对字面意义的逆反与消解，视反讽为在语言修辞层面对权威意义的延异性否定与解构。[1]反讽在修辞上的否定暗示着一个模糊了真实与虚假的文本世界，表达的是对理性主体深刻的怀疑。在这一点上，反讽几乎可以被看作一种“疯癫”的修辞，而正是从这个角度出发，才有了德·曼这样的评论：“反讽是无法缓和的眩晕，抵达了疯狂的顶点”[2]。

同样，关于中国现当代小说中“疯癫”修辞的讨论或许无法绕开对其中“反讽”的剖析。这里所指的“反讽”既是修辞辞格，也是文学概念。本文以文学中“疯癫”与“反讽”在概念上共

[1] 后现代解构主义视阅读为一种从文本结构和文本主体之间的差异中获得“延异”（différance）性意义的批评方法，与浪漫主义“反讽”概念里从字面与语义的无限对立中寻找意义的理解路径平行。

[2] 转引自杨小滨：《中国后现代：先锋小说中的精神创伤与反讽》，愚人译，上海三联书店，2013年，第125页。

有的逆反性为出发点，选取当代作家宁肯在新世纪初完成的长篇小说《沉默之门》为范例文本，重点分析贯穿这部小说中“疯癫”书写的反讽性。

一、疯癫叙事中的反讽意识

总体来看，尽管《沉默之门》在叙述模式上具有诸多先锋小说的叙事特点，但这本小说的内容情节是直白明晰的。小说以1980年代末政治社会动荡后的北京为背景，叙述一名被边缘化知识个体的社会与精神生活。故事一开始，主人公李慢用回忆式的个人视角从经历过的一种“病”症出发，进行自我陈述：

> 简单地说，那一年我的胃出了点毛病，也不是什么大毛病，就是打嗝，不停地打。开始我以为打打也就好了，后来发现成了毛病。现在我已不敢小看打嗝，包括别人打嗝。通常，偶尔打打也无所谓，但要是连续打上两天，一个星期，十天半个月，事情就很麻烦。那时你可能已发不出声音，身体不断抽搐，拿不稳东西，拉断灯绳，写字总是出错。特别像我们做案头工作的人，抄抄写写，影响工作，好在那时我倒也用不着了。我陆续打了差不多有一年吧，到现在也不能说痊愈了。我记得开始的时候，我的嗝像别人一样响，直着嗓子，每隔三到四秒就失去控制一次。

> 那时我们办公室的人你呼他应，大家彼此彼此，很有点郊外的田园景象。后来我的声音变小了，可能因为不怎么吃东西的缘故，很多时候就是一抽一抽，类似某种生病的小动物。我不能说像小狗，但的确看上去有点可怜。我叫李慢，我注意到人们不叫我李慢而叫我“慢”时声调有了变化，好像在叫一个自我陶醉或处于睡眠中的人，我觉得没道理。我确实在想一些心事，希望接到女友唐漓的电话，尽管我知道这种可能性已近乎零。[1]

作为整部小说叙述的开始，这段多少有些神经质的独白除了在内容上引出一个曾经在办公室工作、患过奇怪打嗝“毛病”的主人公形象，还通过反常的叙事透露了这种“病”的隐喻性：叙述主人公的精神失常。叙事人称的连贯性在三句话后就被一个突兀的“你”打破，而叙述视角切换到第二人称后又立即蹦入下一句话中莫名其妙的复数人称“我们”，再回到第一人称。这样的人称切换——之后以第一人称与第三人称切换为主——贯穿了整部小说，有时还会出现“我或者慢”[2]如此并序人称的叙述视角。就此，叙述者后来还专门跳出叙事，解释了原因：“现在我回忆自己就像回忆他人，我称自己慢或李慢就像称另一个

---

[1] 宁肯：《沉默之门》，安徽文艺出版社，2019年，第1—2页。

[2] 宁肯：《沉默之门》，安徽文艺出版社，2019年，第10页、第11页。

自己”[1]。叙述中的人称转换和自我“间离”在现代复调小说和元叙事的先锋文学中司空见惯，具有削弱甚至消解叙事权威的作用。而这种叙事模式的运用往往表明了叙述主体的分裂，尤其是在叙述者与叙述人物统一的情况下，叙事人称的随机转换也暗示了人物话语主体和精神意识的分裂。不难看出，宁肯在这部小说初始就为主人公预备了一个自由的精神叙述空间。在这个空间里，自我意识随时都可能分裂瓦解。

不仅是叙事人称，李慢这段独白到处都有说话人精神异常的痕迹。比如他说到办公室里的人一起打嗝，用了一个不完整的跳跃性隐喻，“很有点郊外的田园景象”，并停止在田园这一模糊的喻的（vehicle）上，交给认真的读者去填补喻的与喻矢（tenor）中间的部分。[2]然而，建立这一隐喻的却又是两个意义完全相反的谓语副词：“很”和“有点”这两个反义副词的叠加使用或许还远远无法彰显说话人的精神问题，但是话语形式与内容之间的矛盾至少能引起读者对叙述者的怀疑。李慢描述这场“病”史时用的是过分认真的语气和说理的句式。诸如“也不是……就是……”“开始……后来……现在……”“通常……

[1] 宁肯:《沉默之门》，安徽文艺出版社，2019年，第3页。

[2] 在这里隐喻成立的前提应该是隐喻接受者能够想象田园景象中蛙鸣或鸭叫之类能同此起彼伏的打嗝类比的声音形态，这个前提到下一页中才出现，将“鹅叫”加入隐喻:“当别人还在一片鹅叫时我差不多已无声无息，就是身体还有些抽搐而已。”叙事者省略了喻的与喻矢之间的共同类比性，无法通过感知直接产生意义。“喻的”与“喻矢”的概念参考由I. A. Richards提出的隐喻用法，参见M. H. 艾布拉姆斯、杰弗里·高尔特·哈珀姆:《文学术语词典》，吴松江等译，北京大学出版社，2014年，第262—263页。

无所谓……但要是……”“不能说……但的确……”这样的逻辑连词并置，渐进构句成段，用以诠释的却是一种近乎荒谬并且带有明显虚构性的打嗝“病”。用过于理性的语言方式来表达理性外，甚至非理性内容的叙述者，如果不是一名佯装天真的反讽家，那很可能就是一个疯子。

也可能二者都是。无论是反讽家还是疯子，叙事者背后的作者却必定是带着一定反讽意识地在模糊他的人物形象与叙述声音，以至于读者不得不保留自己对叙事者“疯癫”状态的判断。李慢的叙述主体从故事开始就带有轻微的疯癫特征，比如他对打嗝“病”近乎疑患病式（hypochondria）小题大做的态度，对别人喊自己名字时声调变化的神经过敏式关注，以及之后他对所在报社地下室里灰尘、天窗、蜘蛛的超幻感知。[1]这种特征被裹藏在逻辑谨然的说理和不断智性化的话语中。他对这些症状的描述方式近乎临床性的病理学研究，包括将自己的症状同其他打嗝病“患者”进行比较，在得出结论前还不乏经验性的证据：“事实上我的症状是最轻的，至少听声音如此”[2]；甚至后来还附加处方疗程：“我注意一日三餐，进食很少，不吃有刺激的食物，以粥为主，辅以饼干，声音很快得到了控制”[3]。叙事主体明显的非理性与叙事用语的知性化相互对立，构成一种

[1] 参看宁肯：《沉默之门》，安徽文艺出版社，2019年，第3—10页。

[2] 宁肯：《沉默之门》，安徽文艺出版社，2019年，第2页。

[3] 宁肯：《沉默之门》，安徽文艺出版社，2019年，第2页。

具有强烈反讽性的个人叙事。这种叙事反讽随着故事情节的发展，与叙述主角的“疯癫”[illegible]在文本之中，并随着“疯癫”病症的加重而不断深化，达到一个共同的高潮：当李慢进入精神病院，他的“疯癫”得到了不可置疑的理性（病理上）的确认，故事也更为反讽地进入一个精神病人的“理性”自述。

李慢在精神病院的故事发生在以《医生》为标题的第三部，紧接着第二部李慢女友唐漓离去后戛然而止的结尾。尽管第三部开头一整段的精神分析围绕的是这段情感上的创伤——主要讨论第二部《唐漓》末尾李慢对女友唐漓暴风骤雨式地离去时拿“五四枪”指着他这段亦真亦幻的记忆——它在小说时空上接续的却是第一部的末尾。在小说第一部《长街》中，因地下室报社停刊而失业的李慢为一家打幌子的调查所四处找饭馆推销，最后发现是一个骗局（这里的叙述也带有戏剧性反讽，因为李慢对这家机构的叙述直白地表示它是一家招摇撞骗的公司，比如所长不但不发工资还要收员工押金，但叙事者本人却没有察觉）。在“发现”这个很难叙述得更明显的骗局之后，李慢“发疯地想，总要成功一次”，继续游荡在北京街头，“像烂纸一样撞进餐馆”，继续为这场骗局推销。他的叙述与他的形象一样颓唐狼狈，并且愈来愈癫狂：

> 你到了郊外，看到大片庄稼地，进入县城，在松木掩

> 映的一家医院门口你看到并排几家小餐厅，大喊大叫："先生，我是《北京餐馆指南》调查员，请您看看我们的样本，先生，《指南》引导消费，权威调查，广告天下，时间紧迫，机不可失，时不再来。先生，先生，先生……"你早已经数过了，何止十万？你见到什么数什么，时时刻刻在数，不停地数，只要眼睁着就数，你数树，数麻雀，数铁丝网网眼，数上早操的人，数窗棂……药片、医生、梦中的旗帜、呼喊、自行车、雪花、枪口、蓝布条，周围——[1]

倘若之前李慢在叙述内容和叙述语言上的反常至多是一个喜欢海子的文学爱好者（叙述者多次提及并引用在叙事时间背景中自杀没多久的诗人海子）诗人般异于常人的敏感和狂想，那么此时这番断续而递增的呓语就正式宣告了他的"疯癫"。开头轻微精神紊乱的叙述到这一部分结束时已经完全偏离了理性语言的浮线。混淆时空的意象注入破碎的短语形式，拼组成叙述者发疯的叨念。这里，疯狂的叙述内容和疯狂的语言形式平行一致，不再矛盾。两者间矛盾的消失削弱了叙事的反讽性，随即突显出的却是书写的"疯癫"。与此同时，叙事空间也随着李慢精神上的边缘化，从城市中心转移到了郊外县城。绝望癫狂的游走最终把李慢领向了郊外的一家医院，正好与第三部开

[1] 宁肯：《沉默之门》，安徽文艺出版社，2019年，第72页。

始李慢接受精神治疗的地点吻合。

这两个部分在情节与时空上的出现，为叙述上的反讽意识提供了发展空间。李慢最初说理式地展示自己充斥着非理性元素的内心世界时，是作为一个反讽叙事者，有点装傻佯狂的意味——在反讽修辞学上可以看成叙事结构上的通篇性反讽（structural irony），反讽者通常就是不可靠的叙述者，其典型是西方小说史中故作天真的“愚偶”（naïve hero）[1]。然而，李慢不可避免地遭遇了精神崩溃，他的疯癫被取消了佯装的可能，反讽性叙事结构也因而被动摇。尽管如此，叙述中的反讽意识并没有完全随同结构反讽性的弱化而消匿，因为在精神病院的李慢并没有继续第一部末无序混乱的疯癫叙述，而是采用了一种比他正式发疯前更加客观知性，甚至含有权威理性的叙述语言。这一章节的标题《医生》虽然有明显的人物指涉，即代表了知识权威的心理医生杜眉，但是文中大部分关于精神病症、机构、历史、疗法的知识叙述都来自叙事者，也就是李慢本人。在这一部分中，作者主要选用了客观理性的第三人称叙事，只有在第八节短暂地切换到第一人称，而即使在这一节中也只有一小段突然出现了一个不在引号中的自“我”叙述声音，其余都是李慢与杜眉医生的对白。当然，这里的第三人称依然是局限叙事的个人视角，始终追从李慢的意识活动。整体来看，

[1] 参见M. H. 艾布拉姆斯、杰弗里·高尔特·哈珀姆：《文学术语词典》，吴松江等译，北京大学出版社，2014年，第368—374页。

这部分的叙事视角和叙事语言跟通篇的叙事基调，以及作者宁肯智性写作的风格是一致的，处处印刻着知识与理性思考的痕迹。叙述者对精神心理学方面的知识研究突兀而又仿佛理所当然地穿插于他在精神病院的个人经历中，不得不令人怀疑这位叫作李慢的叙述者，他究竟是精神病患者还是治疗精神病的医生？

这个疑问在小说结尾得到了解答。李慢出院去了另一家报社工作，经历了一系列闹剧似的荒诞故事之后，受杜眉医生的邀请回到精神病院教病人书法作为治疗法，最后还跟杜眉结了婚。撇开这个结尾在情节处理与艺术效果上的好坏评判，作者在结尾给李慢的“疯癫”叙事和他自己的“疯癫”书写提供了一个逻辑上的合理解释：小说是从一名精神治疗师而非精神病患者的角度在回忆过往，因此他叙述疯癫时的一切智性用语都是理所当然的，而作为一名痊愈的精神病人（或许用另一种弱化情节的方式解读，李慢也并没有痊愈），他对自己“疯癫”的记叙恰恰是对这场“疯癫”的全盘否定。正如费尔曼在她关于疯癫修辞学的观察中得出的那样，“所有关于疯癫的讨论事实上都是对疯癫的否认”[1]。

这种面向自身的“否定”，也正是反讽概念的核心。一个疯子叙述自己确凿无疑的“疯癫”，若不是对“确凿无疑”的

[1] Shoshana Felman, *Writing and Madness*, Martha Noel Evans and the Author (trs.), California: Stanford University Press, 2003, 252.

怀疑——或者说对“疯癫”命名者的否认 ——就只是类似“一个说谎者说自己在说谎”的纯粹反讽性悖论。这时候，值得关注的问题已经不再是说这句话的人是不是疯子，是骗子还是反讽家，而是“疯癫”言说者反讽意识的指向，即反讽的意图。

二、“荒谬的权力”：理性权威的个人反讽

经上所述，小说《沉默之门》中的反讽是作为一种叙述意识隐藏在“疯癫”书写中的。这种叙事反讽在形式上体现于理性化语言逻辑与非理性形象内容之间的反差。从创作层面上概括，反讽建立于智性写作与“疯癫”叙事的罅隙中，体现了“疯癫”书写本身的否定性。可以说，反讽与疯癫在这个文本中的隐现是密切相关的，两者共同的特征就是从形式到内容，再到意义主体的逆反姿态。具有反讽意识的“疯癫”书写既可以是对“书写”和叙述真实的否定，也可以是通过对“理性”权威主体的逆反达到对“疯癫”的否认。

关于疯癫与理性在宁肯小说中的表征，这里不得不提及福柯（Michel Foucault）的社会理论。在1961年出版的《疯癫与文明》一书中，福柯将“疯癫”作为社会道德理性之“他者”，对其不断被社会权力机构化的过程作了理论性研究。福柯这本书与他的权力理论在1990年代初被译介进入中国，而宁肯在写

作《沉默之门》时也不免受到福柯理论话语的影响[1]。小说第三部分中关于精神病院作为社会权力机构的描写与对治疗病症的知识理论分析几乎可以看作是福柯研究的文学阐释，而让李慢成为病院“新的叙事者即统治者”[2]的水疗故事更是对《疯癫与文明》开篇章《愚人船》的直接参照。可以说，作者在选择“疯癫”为艺术主题与叙事基调时有意识地参考了福柯由权力关系组成的世界，接受并宣布其在这个体系中颠覆“理性”霸权的可能。当在“文革”时期就住院并具有最高“权威”的“职业患者”李大头以一种极其荒诞的方式自杀，无法释怀的杜眉医生与李慢谈及李大头对权力的迷恋，得到的回应是李慢用精神分析医师的口吻对她作为医生的理性权威表示质疑：“他的权力是荒谬的，你的权力是正义的，是吗？…… 当你以正义的权力剥夺荒谬权力的时候，你是不是从来就没怀疑过自己的正确性？”[3]以“疯癫”为名的荒谬权力始终受到“理性”名正言顺的正义权力之压制，而理性的统治权无时无刻不在荒谬权力的怀疑和威胁下——正如在这个场景中处于弱势的疯病患者李慢对

[1] 福柯理论最早在1980年代中期在中国学术界引起关注。《疯癫与文明》一书中文版最早于1991年浙江人民出版社翻译发行，宁肯《沉默之门》出版于2004年，写作时间大致在新世纪初。作者受福柯影响的可能性还表现他于2014年出版的小说集《词与物》（其中包括《沉默之门》的第二部节选），这个能联系到向福柯1966年著作《词与物——人文知识的考古学》致敬的标题中。

[2] 宁肯：《沉默之门》，湖南文艺出版社，2014年，第178页。

[3] 宁肯：《沉默之门》，湖南文艺出版社，2014年，第220—221页。

杜眉医生权威的质疑。

事实上，“正义权力”和“荒谬权力”的辩证关系贯穿了整部小说。故事中几位李慢生活里的主角都以不同方式代表着“正义的权力”：图书馆老人倪维明是李慢的从小精神导师，代表了知识理性权威；在性与爱情上占主导地位并在李慢精神创伤中与暴力权威（李慢对她拿“枪”的妄想性记忆）联系在一起的女友唐漓是政治理性的隐喻；而杜眉医生作为治愈拯救病人的医生，携带着宗教式的精神理性权威。这三种“理性”权威在故事发展过程中都被种种“疯癫”的荒谬权力削弱：知识分子倪维明荒唐固执地坚持在屋子里保留“文革”时期被批斗时的标语和物件，不愿抹去这段知识理性无法解释的荒谬的历史记忆；唐漓对李慢的羞辱和突然恣意的离去是导致李慢精神失常的直接原因，或者反过来说，李慢在面对唐漓在情感上理智而实际荒唐的暴权时，只能用同样荒谬的“发疯”来回应——正如叙事者总结的那样，“再没有比一种荒谬更能消解另一种荒谬的了”[1]。至于杜眉，她与李慢医病关系的蜕变甚至反转亦可以作为“他者”荒谬权力颠覆性之佐证。

疯癫在文本中的出现动摇着一种以理性为主导的权力体系。理性权威不仅受到否定，还因其本身作为一种绝对权力的内在谬误被疯狂的因素颠覆，由“正义的权力”变为与“疯癫”同

[1] 宁肯：《沉默之门》，湖南文艺出版社，2014年，第247页。

样的“荒谬的权力”。反讽的是，荒谬权力的叙事者（统治者）自始至终都是一个理性主义者。李慢的疯癫恰恰是来自他作为一个知识个体，企图理性化一切，包括理性化历史与精神之谬误的本能与责任。文本叙事中的通篇性反讽不只是与“疯癫”契合的修辞意识，还在主题层面上代表了被边缘化的知识个人对理性权威矛盾的情感，同时信任又不无怀疑的辩证批判精神。

在继续对文本中的反讽与疯癫进行论述之前，或许有必要对反讽的概念背景做一个简单的梳理。反讽在中国传统修辞学中很少作为一个独立完整的辞格出现，而通常表现为一种在数个相互关联的辞格之上的修辞意识。古代诗词歌赋中的诗学反讽多涉及语词倒反的运用，而其他文学体裁中的反讽，如论辩、讽谏以至非正统叙事中的夸张“讽刺”都依存于一种语言与内容之间的反向性隐喻。尽管反讽与讽刺的修辞学定义往往相连甚至等同，这两种辞格在概念上的区分对文本的解读却是至关重要的。相较于反讽，讽刺有更强烈的意图性，讽刺者对意图的表达也更为直白。讽刺与其说是修辞意识，不如说是一种具有批判性与“刺”伤力的修辞形式，其中或许会包含各种反讽性的语言因素，却并不一定需要依靠文字上的逆转（反）来实现意义上的尖锐（刺）。

然而，也正是出于讽刺与反讽在修辞质性上的这种区别，关于这两种辞格的比较不可能止于语言表现上的异同，而通常会涉及两者本身的意图指向与意义形态。在西方修辞学传统中，反讽与讽刺的修辞学意义可以溯至这两种辞格的语词来源。反讽（irony）来源于古希腊语eironeia一词，最初得名于古希腊喜剧中一名擅于自我贬低的弱小角色eiron。古希腊式的反讽从eiron开始到苏格拉底著名的无知“反讽”（苏格拉底声明自己唯一知道的就是自己什么都不知道）凸显的是对言语意义与外界强势主体的“反转”过程中，反讽者诙谐智性的个人特征。相反地，来自拉丁词源（satura）的讽刺（satire）代表的是罗马式法制理性，旨意表现普遍的而非个人的意义价值，也因此需要更直接的形式保障讽刺者的自身权威。换言之，讽刺背后站着一个代表道德或理性权威的主体，而讽刺话语从这个角度看也就是讽刺者站在道德理性高度的教条性批判。借用一位西方反讽修辞学者的一个比喻，“讽刺”的下方有一把需要磨砺的刀斧，紧握斧头的讽刺家除了有清晰明了的斩“刺”的对象，还有不容置疑的“正确”的权力。[1]这种西方定义的讽刺家在中国文学史上不一而足。无论是古代讽谏上书背后忧国忧民的士大夫，还是近代黑幕小说背后愤世嫉俗的揭幕人都坚守着一个代表道德理性的、正义的非个人立场。

这样，“讽刺”与“反讽”两种修辞在文学中对应的权力关系就清晰可见了。带有普遍价值判断的讽刺代表了道德理性与“正义的权力”，批判性意图直接且明晰；相反，个人化的反讽

---

[1] Zoja Pavlovskis-Petit, "Irony and Satire", in Ruben Quintero (ed.), *A Companion to Satire*, Oxford: Blackwell Publishing Ltd., 2007, 510–524.

对自身正确性没有绝对的预设，凭借“荒谬的权力”表现反讽者的逆反姿态，含义所指却是模糊不定的。回到《沉默之门》，李慢的叙事除了具有通篇性的反讽意识，也包含了讽刺因素。第一部分李慢为骗子公司推销《北京餐饮指南》的情节中，一名冷静的讽刺家隐藏在佯装天真疯癫的叙事者背后，对失范社会中不择手段、唯利是图的现象进行戏谑性批判。更明显的讽刺因素出现在第四部分，李慢来到眼镜报社，幽默地叙述了小单位同事间的权力斗争与浮躁的社会风气，站在道德理性的高度对其冷嘲热讽。尽管如此，讽刺性的因素只是穿插在以个人式反讽为主基调的故事情节中。李慢作为“疯癫”叙事主角选择立足的权力始终是被社会理性边缘化的，个人的而非普遍的，“荒谬的”而非“正义的”，反讽的而非讽刺的。反讽者而非讽刺家的基本修辞身份模糊了叙事者颠覆性的意图，一方面淡化了“疯癫”叙事的具体批判特指，另一方面则加强了文学表达的个人化倾向。

三、门槛上的徘徊：无声的疯狂与反讽的界限

在小说的最后，逆转疯癫身份而成为治疗师的李慢回到精神病院，与杜眉医生走到病墙外的黑角门前，看到了曾经看到过的景致：

远处，白色羊群静卧在一处干涸的河洲上，一动不动，[illegible]，白白[illegible]，不像生命，像一组雪白的浮雕，风吹它们不动，云走它们不动，不是绵羊，是那种有角的山羊。没有牧羊人，没有水源，它们寂静得简直恐怖，不像是真的羊。

牧羊人躺在羊群之中，是个老人，或许不太老，戴着草帽。忽然站起来，并没高出多少羊群。羊群缓慢地走下河洲，老人走在中间，老人如此孤独地睡眠之后，又是如此孤独地行走，与世界无关，与天地无关。[1]

这段描述与第三部分李慢还是精神病患者时对同一意象的描述仅有只字之差，而由角门与门墙后沉默得“恐怖”的羊群组成的意象显然是小说标题的来源。同时，这个与疯人院只有一墙一门之隔的地理空间暗示了两个时空主体的并置：沉默的羊群与疯癫的人群，隐藏在羊群里领路前行的牧羊人与消匿在人群中支配秩序的统治者。在这样的并置关系下，作者为小说最核心的意象所安排的隐喻就稍显明晰了。沉默之门里的羊群与病院之墙内的疯子一样，是一个由被理性权威规范化从而“寂静化”的个体构成的群组。在一种时常匿名隐形的、强大的、绝对的权力统治之下，他们失去了或者自

[1] 宁肯:《沉默之门》，安徽文艺出版社，2019年，第373—374页。

己放弃了自由与言辞的权力，恪守疯癫的缄默，演绎无声的疯狂。

然而，面对这种被压抑的沉默的疯狂，作者和叙事者的态度却是模糊的。当然，作为被“他者化”而缄默的精神受创者，李慢对“疯癫”个体的偏护不言而喻。这一点上，如果我们将这群有秩序的羊（被机构化的精神病人）的意象构建同之前李慢兴致勃勃地援引《堂吉诃德》（实际是宁肯援引福柯对“愚人船”作为“浪漫化的疯癫”的解析）[1]里那群在中世纪航行时期被“愚人船”送往各地的疯子形象描述进行对比，就不难看出李慢对自由而不受约束的“疯癫”在情感上的偏颇：一面是沉默的、死气沉沉的、“不像生命”的、不真实的羊群，另一面却是喧嚣的、自由自在的、“仍有生命”[2]的、真切的疯子。尽管如此，小说最后已不再是患者的李慢作为“疯癫”的理性叙事方，对“疯癫”的一切叙述都是从“沉默之门”的另一方——理性与言语的世界里展开的。沉默之门里的疯癫早已是废墟式的个人记忆，被埋藏在滔滔不绝的叙事者隐秘的深处。这时，叙事者即使为了呼吁疯癫个体自由而作一曲“疯人颂”，那也仅可能是伊拉斯谟“愚人颂”式的反讽。

---

[1] 比较参看福柯：《疯癫与文明》，刘北成、杨远婴译，生活·读书·新知三联书店，1999年，第24页。

[2] 宁肯：《沉默之门》，安徽文艺出版社，2019年，第161页。

不仅如此，如果我们从这条路径更仔细地研究“沉默之门”的隐喻，就会发现叙事者（这里和作者统[illegible]）除了对疯癫个体的认同是模棱两可的，他对压抑个人的统治权力也有一种暧昧的认可。隐藏在羊群里的牧羊人象征的是引领秩序的“正义权力”，是理性统治者。然而，在这个意象中，这位牧羊人孤独自然的形象几乎不能引起任何褒贬性的猜度。牧羊人可能是“老人”的形象设定令人联想到李慢从小的精神导师倪维明，拥有来自知识理性的权威；可他独自任意的步伐又好似从专横绝对中汲取权力的唐漓，代表政治理性的权威。而“牧羊人”本身的宗教象征——在西方基督教里耶稣和牧羊人的形象等同性相联——又指向了心理医生的精神理性权威。尽管他以“发疯”这种“荒谬的权力”反抗性地回应唐漓对他在情感上的施暴，李慢对倪老头和杜眉医生的理性权力是大体尊重且认同的。也正是因为有倪老头与杜眉医生的在知识与精神上的引领，李慢才找到了他自己知识分子的话语方式和个人身份。李慢的“疯癫”除了是权力谬误造成的个人精神创伤，也是知识个人本能和职责冲突的结果——一方面作为知识个体，他对理性权威抱有本能的信任，而另一方面，作为社会知识分子，他又负担着质疑理性统治正确性的责任。从这个角度看，他的叙说不仅仅是个人对“被沉默化”的反抗，而是介于沉默与言说、疯癫与理性之间的不确定的表达。这里，作者与福柯的出发点达成了一致：现代语境中疯癫（失范个体）与理性（秩序机构）对话的破裂形成了一道沉默之门。[1]李慢的“疯癫”并非“理性”的对立，而是一种模糊了疯癫与理性权力关系的个人姿态，在沉默门槛上的独自徘徊。

在这种模糊的个人的徘徊中，反讽性的因素聚集成为主导。上一节中介绍过，反讽与讽刺不同，没有清晰的批判所指或者普世道德的刺砍对象，而是建立于语义“逆反”的个人化与模糊性当中。李慢的“疯癫”无疑是反讽的。然而反讽的并不仅仅是他对知识理性的信仰将他引向疯癫这种“命运反讽”，也不完全是在第一节讨论中出现的说理叙事与疯癫内容相悖的“通篇性反讽”。更为反讽的是他游离于疯癫与理性之间不确定的姿态，是李慢同时作为叙事反讽者与“反讽受害者”的身份。[2]事实上，在李慢对自己从发疯到“治愈”过程的叙述中，并没有表现出任何对“疯癫”的真正自觉，因为他所有关于自己精神病的论述都是用精神病学语言做的“关于疯癫的理性独白”，即对“疯癫”的全盘否认。这种“自信的不自觉”决定了他作为作者“疯癫”书写的反讽叙事者与反讽受害者的双重身份，也构成了徘徊于两极之间的浪漫主义式的反讽。

---

[1] “精神病学的语言是关于疯癫的理性独白。它仅仅是基于这种沉默才建立起来的。”这种沉默就是由疯癫个体与理性秩序对话破裂而造成。参见福柯：《疯癫与文明》，刘北成、杨远婴译，生活·读书·新知三联书店，1999年，第3页。

[2] 穆克定义反讽时区分“反讽受害者”与“受讽者”，将前者定义为一个被自身“‘自信的不自觉’直接卷入反讽情境”的角色。参见D. C. Muecke, *The Compass of Irony*, London: Methuen & Co, 1969, 35。

针对浪漫主义式的反讽及其对无限“延异”式的解构可能，另一位西方著名反讽学家布思曾这样提问：什么时候应该停止反讽？[1] 布思问题所指向的是反讽的界限，也是文本解读的限度。而这也同样对《沉默之门》结尾隐喻的解读有所启示：李慢有了新的知识分子工作岗位和正常化的生活，但他和门里的那群羊，究竟是重新走进了沉默之门，还是在牧羊人的引领下走出了沉默？是再次接受了理性权威，还是偏执地保留着“荒谬的权力”？是找到了理性的真实，还是又回到了疯癫的虚妄？“疯癫”的书写者或许也是带着这些疑问在门槛上沉默地徘徊。而当他再次开口言说时，他的声音应依然带有个人式的反讽，坚持一个被边缘化的知识个体对历史真实偏执的探求。

原载《当代文坛》2018年第5期

[1] Wayne C. Booth, *A Rhetoric of Irony*, Chicago and London: University of Chicago Press, 1974, 91.

等候深知的瞬间

一直以来，非虚构散文作者李娟都小心地同她笔下的文学时空保持着距离。

从创作初始，这位汉族作者就将她的现实生活和文学生命轮流搁放到新疆北部阿勒泰的哈萨克族牧区。第一本关于阿勒泰的文集《九篇雪》写于作者离开牧区到县城的冬天，之后成集的几本书也是成形于阿尔泰的山林之外、“循规蹈矩的工作之余”。2012年付梓的“羊道”三部曲汇集了写哈萨克牧民日常生活的40多万字，与其说是她在2007年跟着牧民北上进入深山牧场生活的记录，不如说是她将个人的现实世界从深山牧区迁移到南方城镇后对这段过往的文学追忆。2017年出版的文集《遥远的向日葵地》里，李娟再次站在现实的生活时空，回望10年前进入深山牧场前后渐已“遥远”的岁月。在这年轻的却又因其河流般流淌的怀旧而仿佛早已老去的文字里，她回到了乌伦古河岸与河岸高地上几场徒劳而真实的耕种，回到了记忆深处一片不曾褪色的金黄。

这片金黄属于梦境和念想，它距离作者的现实并不遥远，却也不相毗邻。对于非虚构文学创作者来说，真实的世界是充满文学想象的。当真实世界因个人时空的变化而成为记忆时，文学世界便开始装载那些无从安放的真实。对李娟而言，阿勒泰是一个尤为充满文学想象的真实世界，一个令她深陷的所在，使她不得不一次又一次地隔着时间和空间的屏障，为其构建出一个盛满真实的巨大的文学世界。在这个世界里，阿勒泰不仅是远离汉文化中心和现代文明的边缘空间，还是自然智慧的空间象征，处处藏有深刻的命运启示。这些启示顺着作者不经意的几笔描绘、几片遐想、几场相遇、几番哲思，点滴流露，凝成一个个忽然深知彻悟的瞬间。

自然感知与生命修辞

深知的瞬间首先来自感知的片刻，也往往是孤独的时刻。无论在阿尔泰深山同牧民一起生活，还是与母亲一起驻扎在河谷高地，李娟的记述中都会忽地闪出一个在深山牧野、林海孤岛上四处游荡的身影。“总是没有人，总是没有目的，总是时间还早。”[1]叙述者独行在寂静的山路上，走到高处遥望，看着群山上有生命的、“活”的羊道，感觉身处“遥远孤独的行星之上”；

[1] 李娟:《羊道·深山夏牧场》，上海文艺出版社，2012年，第73页。

走入林影婆娑，恍惚间看见走过这条路的所有人，看到“他们遥远的想法在路过的黑暗中沉浮”。在这里，孤独的漫游同孤独的世界一样迷人，一路铺洒着漫游人对自然与生命近乎奇异的感知。到了开阔地带的阳光下，她感到自己会消失进“伏在脚边”的影子里；待到“微雨的时光又湿又绿”，阳光一并落下，世界就变成了一个梦境：“左边沉浸在梦中，右边刚从梦中醒来。”[1]灵动的意象轻盈地晃动在文学世界的入口，基于奇妙感受的通感和比喻修辞背后闪烁的是对生命的赞颂与思考。

当然，对自然孤独的感知不仅只是在一个人游荡的时光，还可以通过观察，透过比“我”更具感受力的他人所得。写牧民家大男孩斯马胡力遥望山谷的目光时，李娟清澈纯净的文字里多了几笔用力的抒情：“在不远处的另一座山头，斯马胡力静静地侧骑在马上，深深凝视着同一个山谷，又似乎漫不经心。我看了又看，不知羊群在哪里。但他一点也不着急，似乎早已知道，这世上没有什么可以丢失。他长时间凝视着山谷底端的某一处，那一处的马群长时间地静止在沉甸甸的绿色中，羊道如胸膛的起伏般律动……”[2]斯马胡力深邃而随意的目光里带着“我”无从获取的所知，好像“早已知道”这片山谷，甚至整个世界和生命的所有秘密。透过这种令她欣羡不已的目光，作者对山谷的描述添上了生命的比喻：在她的感受中一直有生命的

[1] 李娟：《羊道·深山夏牧场》，上海文艺出版社，2012年，第75页。

[2] 李娟：《羊道·深山夏牧场》，上海文艺出版社，2012年，第72页。

羊道，在斯马胡力的凝视中起伏律动，成为整个山谷的心跳和呼吸。对自然的感知力与对感知的渴望支配了李娟的抒情，通过富有生命元素的修辞语言跃然纸上。

自然感知的抒情是有节制的，生命修辞的表达也不至纵恣。李娟文字里的生命元素分明是一个努力体悟自然的人的点滴获知。比如她对颜色感知的描写，总有几触缤纷的笔墨在闪烁生命的色泽。光是阿勒泰的绿就有很多种：乌伦古河的绿色是浓烈的，它孕育了河岸的生命和文明（《灾年》）；溪谷最深处的绿意能穿越整个雨季，绿得令人费解（《真正的夏天》）；田野辽阔而梦幻的绿“如同离地三尺一般漂浮着”（《回家》）；吾塞松林苍茫的碧绿里又总是闪现轻俏的红色，或是林间空地铺满枯萎红叶的泥土，或是精灵般穿梭在森林里的牧民少女卡西的红雨鞋(《林海孤岛》)。这里，绿色不再是理所当然的生命象征，而是作者通过感官获得的关于生命的文学体验，饱含着她想要传递那些不可复制的感受的真切愿望。同样地，在《金色》中，李娟将她个人的自然体会转化成感性的形容，构筑属于她自己的金色的文学想象。金色的白桦能将整个秋季沦陷，金色的麦田有着安抚人心的力量；芦苇的金色脆弱无助，月亮的金色自由孤独；她看到饲草的金色在梦的高处燃烧，她尝到口中的蜂蜜里有金色在飞翔。最后，面对全部的金色，对作者个人而言最具象征意义的、母亲地里的葵花“缓升宝座，端坐一切金色的顶端”——一个多么辉煌而深沉的瞬间！

这些文字背后，我们隐约能看到一个在自然面前思索生命的人，一边谦逊地直面自己的一无所知，一边用心地收集着感觉和意识中所有诗意的颜色，等候着一个醍醐如饮的时刻。

历史深处走来的人

2004年在写阿勒泰山谷草原漫游的时候，李娟曾描述过一场神秘未知却又不断重复的“到来”：“每当我在深绿浩荡的草场上走着走着就跑了起来，又突然地转身，总是会看到，世界几乎也在一刹那间同时转过身去……总是那样，总是差一点就知道一切了，总是在那时，有人笔直地向我走来。”[1]这个人第一次出现在她把玩一块小孩卖给她家杂货店的深山水晶时。叙述者举着水晶对着草原，忽地“看到一个骑马的人从山谷尽头恍恍惚惚地过来了，整条山谷像是在甜美地燃烧”。她移开水晶，骑马人越走越近，叙述却在他到达她跟前的时刻戛然而止，用一句对自然的赞叹来收尾：“这时我突然觉得天空的蓝，蓝得那样地惊人！不远处的森林力量深厚。”[2]叙述者迂回地寻思着这场汇聚了大自然力量的到来：当情感如爱情般涌荡而来，当到达与生活无关的地方，当某个富有哲理的念头突然降临，都会有个人向她走来。

---

[1] 李娟:《阿勒泰的角落》，万卷出版公司，2010年，第124页。

[2] 李娟:《阿勒泰的角落》，万卷出版公司，2010年，第123页。

这里，处于动态的“人”是一个在书写中被虚化了的人，暗指了某种真实的到来，实际的则是作者在漫长的自然时空里一些个人零星的顿悟与感动，或是一些不可言喻的灵感，在回旋重复的意象布局中营造出了逐渐升华的情感效果。《深处的那些地方》是李娟早期运用明显的艺术手法、文字也较为成熟的文章。“向我走来的人”这个意象贯穿整篇文章，却不仅只是为了提升艺术效果，还为李娟整体创作中一个主题性的象征勾画了轮廓。在后来的“羊道”系列中，李娟用难得近乎忧伤的语言透露她永远无法真正进入阿勒泰和哈萨克族牧民的生活，因为其最核心的部分是深深“埋藏在血肉传承之中”的。来自四川的汉族作者虽然亲历了这里的生存景观，却永远无法同游牧民族的历史和命运产生真正的关联——或许正因如此，李娟在写斯马胡力用深知一切的目光凝视山谷时才会那样充满欣羡，才会那样专注动情。在草原深山游荡、思考、生活、写作的每一个朝暮，她都在等待一个时刻，等待这个近在咫尺、却永远隔着障碍的世界向她打开一个入口；日日夜夜，她都在等待着一个从历史深处向她笔直走来的人，把她的命运牵系到阿勒泰的命运上。

虽然不能同牧民一样真正进入这个世界的核心，文学中的自我却能够通过文字传递这个世界里的感情与智慧。在《繁盛》里，“我”想象一百多年前最早带着种子来到这片土地开荒定居的人，想象这里的先祖和自己一样绝望地看着亲手种植的生命生长枯萎。结尾处，她终于看到了这个历史深处的人："我看到一百年前那个人冒雪而来。我渴望如母亲一般安慰他，又渴望如女儿一样扑上去哭泣。"[1]在同一片土地上共同的经历和共同的痛苦终于让"我"得以同异族历史里的牧人对话，尽管这种交流只存在于文学想象中。关于异族的差异，李娟还写过一个轶事，写哈萨克族的司机跟汉族司机不同，永远会为羊群让道，耐心地等待羊群经过。讲述者平静而不带任何评判，只用一句"由于深知，才会尊重"来解释差别(《汽车的事》)。这种指向尊重的深知，虽然"和一无所知（没）有什么区别"，却是"我"渴望获得的，因为深知的瞬间也是找到对方世界入口的时刻。

李娟的文字里有一个从历史深处走来的人，也始终有一个人在等候他的到来，等候一个深知的瞬间。那一瞬间，文学时空和现实世界重合，一切昭然若揭：我们将深知阿勒泰生命的颜色，深知牧羊人目光里的从容与辽阔，深知时间的意义和无意义，深知存在与消亡共有的美。

原载《文艺报》2018年6月15日

---

[1] 李娟:《遥远的向日葵地》，花城出版社，2017年，第37页。

与生活等高

1

短篇小说有一种愚蠢的读法：把同一个作者写的所有故事全都读成同一个故事。不管作家怎么摆弄声线，更迭人物，改装情境，只要愿意，你一定能认出那个一遍遍被重复叙说的老故事。如果运气好，或许还能碰上背后煞费苦心讲老故事的人。

这种读法很蠢很任性，无非是搭了个简单化的形式预设，拿来写文学批评倒还挺讨巧。有些作者比较谨慎，提防着自作聪明的读者，给故事罩上一件件变幻莫测的新鲜的外衣；有些作者更坦然，躺平，好像一开始就能接受这种读法以及它的愚蠢，同时也接受了在故事里无处躲藏的自我。

张哲应该是后一类作者。她的小说没有太多对叙事、人物、场景和情节刻意的粉饰。即便是在《观山海》和《摩灭之美》两篇主题鲜明且全然不同的小说中，我们也很容易看到叙事结构的同质。一个冷静的女主，一道日常的微澜，一场清醒的叙述，一段慢慢复盘的关系。《观山海》讲母女关系，《摩灭之美》盘恋人关系，两种充溢着致命的戏剧性的人类情感。可这两种情感没有在小说的任何一处得到过戏剧化的装点。没有宣泄，没有过甚的铺陈。

有一种与生活等高的理性悬停在张哲的小说世界。在这个世界里，情感的故事必须保留情感的节制，亲密关系的讲述必须坚持清醒与疏离。

2

母女关系和恋人关系我都不擅长处理，尤其是前者，因此也总怀疑真有人能在这两种关系里如鱼得水。现实经验告诉我们，亲密的情感关系太容易令人窒息。窒息的原因很简单，最终还是一个如何还原自我的问题。深爱不可能浅浮在无条件的付出和包容之中。深入情感的理性主体不得不首先主动地缴械掉一部分自我，一头扎入或缓缓沉沦进贪婪荒谬的爱里，然后重新开始漫长的寻找，那一小片自我的复归。

对于自我意识强大的理性主体来说，这个过程无疑是痛苦的。比如张哲的主人公，总是任凭过往的思绪流淌，缠绕着此在的经验。再用夹杂着说理分析的绵延的叙说，界定着一段亲密关系中的他者与自我。叙说的过程很冷静，没有什么情节和修辞暗示心理挣扎。可痛苦的形式有很多种，戏剧化的撕裂不一定是适合散文叙事的表现形式。《观山海》几乎没有起伏的平铺直叙中有一个奠定平稳基调的开头：讲“我”[illegible]从公司辞职。这个平稳淡泊的开头却坐拥两个夺目的字眼：“孩子”和“妈妈”。后一个人称许久没有重新出现在后下文的叙述中，以至于当由无名的“她”指代的母亲，在下一段落第一次悄悄滑进故事，我们多少能在人称所指的退场中，感受到故作自如的叙事者难以言说的焦灼。

隐匿的痛苦较浅淡，但也蜿蜒曲折，沿着母女同行的盘山路和“我”的回忆升攀。母亲强势，骄傲，虚荣，社牛。像世上所有的女儿一样，“我”无法忍受但始终忍受着母亲的控制。因为母亲也令“我”心疼，难过。没有什么比好强和衰老的矛盾组合更令人唏嘘，特别是当这组矛盾在自然岁月的流逝中——以及与此同时“我”的自我意识不断坚固的过程中——逐渐降落到母亲身上的时候。山中寺院的场景设定给张哲的叙述人提供了一个尤为客观、平和、清醒、透彻的观察者视角。叙说母亲性格轶事的“我”仿佛是一个聪慧的古希腊悲剧读者。除了完整地看到了母亲的生命故事，“我”还能看到一个悲剧人物无可挽回的命运及其成因：母亲的性格缺陷。

然而，这种视角始终是局限的。性格缺陷能够解释母亲对“我”的控制、强权，解释母亲的孤独，解释母亲令“我”反感的对自我牺牲的强调。但它无法解释母爱。故事临近尾声，山中寺院一日行即将结束，同行三人和僧人一起在大殿里习打坐。

此时，“我”思绪中对母亲人生历程的审视，还有对母女关系的回顾也进入了总结阶段。经验性的现象分析渐入佳境，遁入归纳与概括：

长久以来，我都不愿去亲近她，因为复杂的情感，对她有旷日持久的惧与怕，有积怨，还有愧疚和抱歉，但归根结底的是对她应有的那份隐藏起来的爱，这让我束手无策。此时此刻，才有了机会，细细地打量她，我便静静地看，以一副初生儿的眼光去重新认识她，思量半晌，竟越看越觉得她是个陌生人，自觉气索，错了眼看见佛的眼睛，怒目圆睁，像是端端的在盯着我看，冷冷的摄人眼目，心里不觉怯了。

观察者的目光停住了，思绪和说理也被打断了。母女俩一起打坐，女儿睁眼观察母亲，撞见了佛的回视——这个场景很好玩，因为它对应的是整篇小说的叙事结构。从故事的一开始，“我”的叙说就在围绕着母亲的闭眼冥思和睁眼观察之间来回跳跃，偶尔穿插些朦胧的佛门智慧，来自寺院住持的回应。这种设定下，读者会很自然地进入叙事者的观察视角，期待着某一个顿悟的瞬间，一个突然看清这段关系的时刻。

张哲没有安排这样的时刻。想要用“初生儿的眼光”重新认识母亲的女儿只是停下了。“我”琢磨母亲的想法，内化母亲的故事，试图理解一个与自我共生的他者。理解与叙事同步，理性与生活等高。故事的最后，张悟的主人公依然没有重新认识母亲，也没有顿悟母爱的本质。她只是挪换了个位置。从前座挪到后座，挪出了疏离的观察，挪走了从母亲“脚跟长出来的影子”。母女并排而坐，“我”终于回到自身，接受了“孩子”与“妈妈”这两个被叙事话语排斥的身份指代，接受了双向母爱中的自己。

3

有一个我挺喜欢的英国小说家卡斯克（Rachel Cusk）写了本书，中文版把原作的副标题扶正，《成为母亲》（*A Life's Work: On Becoming a Mother*）立即成了本母婴畅销书。卡斯克在书里记录了自己生育女儿的事，又引了很多文学作品里关于母亲的叙述。有一段引用《战争与和平》的结尾，讲娜塔莎从1813年结婚到1820年成为四个孩子的妈妈，从年轻貌美的女人变成了强壮健硕的母亲。卡斯克说，托尔斯泰没法写娜塔莎成为母亲的故事，因为母亲形象与女性形象互斥。托尔斯泰能写的是安娜·卡列尼娜的故事，一个既是母亲又是女性的女主角，最终只能在宿命的暴力与毁灭中，释放“母亲”这一身份内部根深蒂固的矛盾。

成为母亲意味着放弃一部分的女性自我。这是陈词滥调，但也是现实经验和文学作品不断重复的话题。就像《观山海》的叙事者，同时身为母亲和孩子的“我”从一开始就把叙述放置在一种极具反讽意味的境遇当中。因为孩子的出生，“我”不得不放弃事业。但“我”陈述这种因果关系本身就是在陈述自己作为母亲的妥协与牺牲，而这也正是作为孩子的“我”最无法忍受的母爱说辞：母亲为了“我”放弃社交，放弃旅游，放弃事业，放弃“她”强大的自我。这种说辞其实很危险，因为即便不求实际回报，有关“自我牺牲”的话语本身就有意消融自我与他者的界限。也就是说，当一个母亲把自己的生命时间和精力全部倾注在女儿身上，并不断暗示自我牺牲，那么她不仅仅抛弃了作为独立个体，作为女性的自由，也在威胁着女儿作为另一个女性主体的自我。

紧张的母女关系在现代文学作品中不罕见，特别是在越来越多的女性作家开始挖掘女性身份中的原生心理塑形以后。因此，深刻母女关系的文学呈现通常具有一定自传性，比如张爱玲的《小团圆》，还有奥地利女作家耶利内克（Elfriede Jelinek）的《钢琴教师》。跟《观山海》里占有式母爱更能类比的是《钢琴教师》里母亲对女儿的控制与规训，不断加剧演变为扭曲的受虐心理。还有一个更极端的文本是爱尔兰男作家麦克多纳（Martin McDonagh）在很年轻的时候写的剧作，叫《丽南山的美人》，里面母女冲突的释放是通过俄狄浦斯式的宿命和极致的暴力：女儿在剧末杀死了母亲。我很喜欢这两个西方文本，因为它们都完美地演绎了母女关系的复杂和剧烈，也挑衅着基督教传统下母亲与圣母相联的叙事套路。但更重要的是，这两个文本的表现形式都与其所选的文体相称：耶利内克激烈的叙事需要用长篇小说的体量来承载，麦克多纳尖锐的冲突需要戏剧形式的爆发点燃。

在这个层面上，张哲的故事当然也适宜她所擅长的短篇叙事文体。《观山海》中的母女对抗是隐晦的，若即若离。张哲的故事不需要醒目的冲突，却能在空灵的场景安排和理性的叙事声音中盘旋上升，最终抵达某种和解。平缓的叙事停泊在一片微澜的海面，绵密通彻，从容不迫。叙事主体有节制地抒情，又及时地停止——短篇小说的字数限制本身就关乎叙事的节制与界限。

回到开头说的短篇小说读法，《观山海》不是张哲写母女关系的第一个故事（如《热气球》《游乐场》《清洁日》），应该也不会是最后一个。她也许会一遍又一遍地讲同一个故事，一个在不同的叙事中变形扩张的故事。她的叙事界限是一条等高线，一条闭合的曲线。曲线的一端是当代中国的社会现实，另一端是这一现实中，同时作为母亲和女性自我的精神生活。支配这个小说世界的是与叙事同步的理解，与生活等高的理性。

2023年2月8日

原载《十月》2023年第2期

第四辑

浮士德、毒师老白、律师索尔、“超人”光环与附带损害

第一次在课堂上讲《浮士德》，我在幻灯片里放上一张《绝命毒师》（*Breaking Bad*）的海报。

十多年前刚开始追剧那会儿，我就在大学校园的小摊上买了一张实体海报，贴在我的床头。海报上，50岁的化学老师沃特·怀特（老白）站在画面正中央，浅草色衬衫配白色裤衩，一手拿着一把枪，带着美剧海报主角经典的气势正视前方。他的身后是美国新墨西哥州阿尔伯克基的沙漠与蓝天，一辆用来研制冰毒的房车冒着滚滚红烟。剧迷们都知道，这个时刻是纯良的老白刚发现自己异禀的制毒天才，刚刚走到一部成长小说中，主人公“变坏”的芽点。这一天，性格平和而罹患癌症的中学教师从凡俗庸常的生活中觉醒，一头扎入一部争为枭雄的犯罪黑喜剧。

成长的故事振奋人心，因为变化总令人着迷。一株植物，一个新生儿，任何有机体或无机物。尤其是当时间开始宣告变

化的终结，生命的停滞、衰老甚至消亡，我们的主角依然冲破了存在的限度，为自己制造了一场化学爆炸式的变局。当然，这场变局不是凭空降临的。必须有人递给老白面罩与药瓶。必须有人告诉他，“你必须改变你的生命”！可此人并非那个在命运（或者编剧）的偶然安排下，促动他制毒的学生杰西·平克曼。这个人还是老白他自己，一个在剧集里逐渐扩张的自我（ego）。所以，当功亏一篑的老白在剧末第一次诚实地对妻子说“我做这一切不是为了你们，我是为了我自己”时，我们看到了那个从一开始就栖居在中学教师老白身体里的另一个灵魂，一个绝对真实也绝对自由的自我。渴望变化，渴望超越；藐视法则，同时狂妄地攫取、挥霍权力。这个强大的自我与魔鬼做了交易，获得了超人的光环，也在故事的结尾葬身于自己一手筑建的理想王国。

这样的毒师老白，这样的自我，这样标准的浮士德英雄。课堂上，我只要三言两语说个剧情梗概，没看过剧的同学也马上会知道为什么老白是浮士德式的反英雄（anti-hero）人物。《绝命毒师》里最显而易见的浮士德原型参照当然是老白为了金钱与权力出卖灵魂，签下“魔鬼契约”（Teufelspakt），走上制毒道路的基本叙事框架。不过，编剧们的成功并不在于以当代美国边境犯罪题材重塑西方文学的古老母题，而是在于他们一步步地展露了自我的超越——也就是尼采所说的“超人”光环——如何不可避免地贮蓄恶魔的能量。老白制毒的最初动机是钱，但他很快就发现自己在犯罪世界里卓然不群，无所不能，他很快就开始无法满足。他变成了歌德笔下在夜晚书斋里出场的浮士德，经纶满腹，却无法满足于有限的知识与经验：“为什么你的心惶恐不安地紧缩在你的胸中？为什么一种说不出的痛苦阻拦着你所有的生命活动？”浮士德看到了个人知识与生存的界限而陷入绝望，当晚决定自杀，但又恰巧听到了复活节的天使合唱而选择了生存。到了第二天，城门外，阳光下，浮士德开始渴望飞翔，但只能站在地面上抒情，见证心中的“另一个灵魂”缓缓崛起：

有两个灵魂住在我的胸中，
它们总想互相分道扬镳；
一个怀着一种强烈的情欲，
以它的卷须紧紧攀附着现世；
另一个却拼命地要脱离尘俗，
高飞到崇高的先辈的居地。[1]

“另一个灵魂”本身并不属于魔鬼。如若要实现这个灵魂高飞的冲动，魔鬼的力量却是最好的助推。魔鬼梅菲斯特当晚造访，许诺用他的法力帮浮士德返老还童，张开斗篷，飞进一片群星闪耀的自由的夜空。魔鬼的契约很简单，只要浮士德一直

---

[1] 歌德:《浮士德》，钱春绮译，上海译文出版社，2018年，第36—37页。

保持奋进，只要他不愿“躺平”，永远不用言语向某一个瞬间诉诸致命的停滞与留恋。只要不断向前，浮士德就可以尽情地独享魔鬼的力量与运气，体验爱情的狂喜、生命的绚烂、小世界与大世界。信奉超越的浮士德当然愿意签订契约。即便在临死“停滞”的时刻，他依然坚定地相信，只有“每天都争取自由和生存的人，才有享有两者的权利”。

可是，浮士德的生命，攀附现世的灵魂追求，早在书斋的夜晚就已经停滞了。勇于争取、永不满足的始终是另一个更为高贵的灵魂。也正是另一个灵魂的周围闪烁着魔鬼觊觎的“超人”光环。同样地，毒师老白的生命在他发现自己患癌症的那一天也已经结束了。留下来的也是他的另一个灵魂，那个每一天都在超越、每一天都在争取新的自由与生存的海森堡——老白给自己取的毒师名，魔鬼梅菲斯特的化名。从决定制毒的时刻开始，魔鬼的能量就已经开始倾注老白“另一个灵魂”的全部追求。

不过，魔鬼的力量始终是需要代价的。梅菲斯特施法纵恣，一开始不过是在莱比锡地下酒窖变酒放火的小把戏，没有人受到特别的伤害。可是，当浮士德陷入爱情，要求梅菲斯特帮助他取悦心爱的格雷琴时，损害开始泛滥：格雷琴的母亲被梅菲斯特用安眠药“不小心”毒害，格雷琴的哥哥在同浮士德决战的时候被浮士德“无意中”杀死，格雷琴最后也在疯癫呓语中溺死了她和浮士德的孩子，被审判处决。这些悲剧看起来都是“意外”，并非出自浮士德本意。借用一个从现代美军军事行动语境里衍生的短语，从此都是所谓的“附带损害”（collateral damage），都是行动人误杀的无辜平民，一些不经意间附加的伤害。到了第二部结尾，附带损害进一步扩张。浮士德想要造福人类，填海造田，必须赶走居住海边的老夫妇。梅菲斯特当机立断，一把火烧了房子和夫妇，还顺带杀死了途经海滨的旅人。浮士德想要完成“超人”的伟业，以为自己垒砌了一个繁盛美丽的世界，并且最终因为止不住瞬息停留的冲动，对这个自己亲手筑建的世界说了句“停一停，你真美”，输掉了赌约。可他心中的理想王国，他的自由与超越，分明都是由数不清道不明的“附带损害”堆叠而成的。

就这样，浮士德在理想化的留恋中与“那样美丽”的世界告别。如果此时并置《绝命毒师》，我们很难不把这一幕跟老白的结局联系到一起。剧终，一无所有的老白完成了最后的复仇，平躺着倒在了制冰毒的实验室里。镜头缓缓向上拉长，从老白渐渐死去的身体一点点扩至他的周遭，把他心爱的制毒设备一起容纳进画面。老白的肉体、攀附现世的灵魂，还有附着在那些器械设备上的“另一个灵魂”就在这个镜头里完美地融为一体。背景音乐《Baby Blue》（Badfinger 乐队，1971 年）此时切入，在摇滚鼓点中完美地落下第一句歌词“我想我得到了我应得的一切”。这一刻，我们终于可以溯洄到浮士德的结局，充满眷恋的“停一停”，来到电视剧文化史上一个值得铭记的震撼结局。

因为和浮士德一样，老白最终的确得到了他应得的权力、自由与惩罚。由于老白决意实现个人超越的手段“制毒”从一开始就是魔鬼的利器，他在进取超越、追逐个人自由与生存的过程中也和浮士德一样，不断地给周围的人与环境带来各式各样的“附带损害”。比如第四季，老白用计炸死大毒枭，打垮了一整个毒品帝国，却也触动了利益链上的每一个人，造成了连锁反应式的凶杀，最后还导致他当缉毒警察的连襟汉斯的死亡。不过，整部剧对这种无意的、附带的、间接的伤害最鲜明的还是在第二季最后，老白的搭档杰西和女朋友一起吸食海洛因后，神志不清地倒在床上。女孩口吐白沫，老白本能地想急救，突然想到女孩对他继续秘密制毒是一个重大威胁，便选择眼睁睁地看着年轻的生命逝去。这原本只是一个女孩的死亡，而老白的责任也不过是出于个人利益而见死不救。但编剧把这一个人选择的“附带损害”蔓延至整座阿尔伯克基市：女孩的父亲负责航空飞行指挥，因伤心欲绝而工作失误，最终导致一场震惊全城的重大空难。

当然，这一段强调“附带损害”的故事并不完美。编剧确实有点扯了。但我们在这里看到了制作人文斯·吉利根（Vince Gilligan）在铺设剧作时着力挖掘的一个问题，一个浮士德式的问题：当另一个灵魂“拼命地要脱离尘俗”，不顾一切地展翅高飞，即便他从未有意给任何人造成伤害，他的“超人”光环是否还是会不可避免地灼伤他深爱的世界？或者，换一个问法：人为了实现超越，是否注定要与魔鬼同盟？或者，再进一步：“超人”光环与附带损害是不就是人类的最终命运，人性的[illegible]？

《绝命毒师》完结十年，我依然为这些没有确切答案的推测感到恐惧。尤其是在这个依然充斥着各式各样的“附带损害”，却不再有那么多“超人”光环的世界——毕竟，有关“超人”的危险早已在上一次世界大战的经验中被重新审视了。不过，这十年来，吉利根团队没有停止凿挖这个浮士德式的问题。他们从毒师老白的故事里取了一个同样具有“超人”潜力的配角，为罪犯打官司的律师索尔，完成了新的一整部衍生剧《风骚律师》（*Better Call Saul*）。

于是，又一次，我们在荧幕前为主角的变化着迷。上海疫情居家隔离期间正值《风骚律师》最后一季播出。我又一次深深地陷入了另一个浮士德英雄，“另一个灵魂”的成长故事，还有那有关“超人”与附带损害的命题思辨。在这个本身就善恶不明、犯罪与正义并不互斥的、复杂的律政世界里，律师索尔和剧中其他几位主要配角都展现了超群绝伦的能量，浮士德式的奋进与超越。与此同时，附带损害的恶魔阴影也自然地罩上了熠熠生辉的“超人”光环：在两个灵魂的分岔口，在每天争取自由和生存的道路上。

2022年6月1日

原载《文汇报》2022年7月24日

拉布拉多和它的金矿

3月的一个周日，我和李元去天山路看阿克曼电影展。

那天我俩都没迟到，我甚至还提前了半小时到影院，在楼下的咖啡馆点了杯滚烫的美式，等到入场前终于凉了，一饮而尽。再前一天下午，我俩一起看了一场《家乡的消息》，差不多是个1970年代纽约城市的纪录片。镜头停滞、悠长。旁白是导演阿克曼（Chantal Akerman）用一成不变的声调念母亲写给自己的信。声音是挺好听的，但叨叨叨。我成功地睡着了十分钟，醒来以后有点窃喜（观影时间减少了十分钟），又有点愧疚。李元说没事，坐她另一边那人睡得头都歪了。我说不行，明天开场前务必来一剂咖啡，提神。

所以第二天下午，我们虽然没迟到，但最后因为喝咖啡耽误了会儿，进影厅的时间还是晚了。影展的观众不少很虔诚，结束必鼓掌，迟到当然不可饶恕。我能在黑暗中感受到从口罩里渗溢出来的怨愤。我们弓腰驼背，小心翼翼，装作透明人，被银幕上绚丽的色彩穿透。与此同时，我意识到那杯咖啡喝得很多余：今天这场是歌舞片。

这个发现令我焦虑。最近看了好几部特别闹腾的片子，从头吵到尾的那种，如《巴比伦》《瞬息全宇宙》。去影展其实就是想漱漱脑子，消停一下。可惜进影院前没做功课，没查电影没看时长，只记了名字，《金色八十年代》。于是我一坐定就开始担心这片子会不会跟最近那些奇怪的新片一样，不间歇地闹上三两小时。

音乐起。银幕上穿金黄碎花裙的女酒保读着远方爱人的来信，给自己倒了杯小酒，读啊读，唱起来了。声调高，音色醇，歌喉甜、圆、润。阿克曼的镜头很简洁，整首歌下来，只跟着她的步伐缓慢地动了一两次，中景切了两次特写，还切了一次去拍吧台前随歌声左右飘晃的吃瓜听众。女酒保声情并茂，让我想起小时候向我们演示如何用滚圆的口型正确表演合唱的声乐老师。可能因为是看到的第一幕，脸和歌都印在了我的脑子里，外加副歌部分的一句奇妙短语：拉布拉多和它的金矿。

拉布拉多是一种狗。我对拉布拉多这个字眼特别敏感，因为去年终于能下楼那会儿，我的小狗雪诺被一只自称是拉布拉多的狗咬了。“自称”可能用得不完全恰当，毕竟那只狗没说自己是拉布拉多，是她的狗证上写的。她实际应该是一种比特斗牛犬，毛短，乌黑，只有胸口沾一圈白。狗主人给我看证，坚持说她是拉布拉多，很温顺，狗咬狗只是个意外。我气急败坏，但也认了，毕竟狗和人都被关了这么久。所以听到这句歌词的时候，我的理解是：啊，拉布拉多都能被关出一座金矿啦！

歌唱完了，故事开始了。故事时空极幽闭，除了最后一幕以外全部发生在同一个布景舞台，模拟20世纪80年代的法国商场。以女酒保的饮料吧台为中心，辐射出一家时装店、一家美发店，还有个电影院。主角不是女酒保，主角是爱情。四角恋：美发店的女1迷恋时装店老板的儿子男1，男1喜欢美发店风骚的女2，女2脚踩男1和有钱的商场老板男2两船；黄昏恋：男1的老妈，时装店的老板娘偶遇从美国来的老情人，旧情复燃，犹犹豫豫；异地恋：女酒保想念去加拿大拉布拉多（哈哈没错，其实是个地名）的爱人，难解相思之苦。最后，爱情都失败了。男1为了气女2向女1求婚，结婚当天又跟女2好上了。女1被抛弃，穿着婚纱走出了商场（画面终于在最后几分钟从封闭的商场挪移室外），走到阳光灿烂的大街上。男1的父母陪她走到外面，恰巧遇上美国老情人带了个新情人，春风得意。老板娘失落，女1失落，只有男1的老爸人间清醒，最后总结道：爱情像买衣服，不合适就继续选呗，人总不能裸奔吧！说毕，谢幕，剧终。

剧情狗血，掌声热烈。鼓掌的原因很简单，画面是真好看，歌乐是真悦耳。塞里格（Delphine Seyrig）演的时装店女老板很难忘，那副虚弱的假笑，至今在我失眠瞎想的深夜清晰可见，闪烁着故作的美好的忧伤，还有不可控的生命时间。女男主和歌舞配角全是美女俊男（美女更多），高跟鞋踩大理石光面的声音五光十色，超饱和的特艺彩色和夸张的歌舞表演抛掷了庸俗的日常，超越现实。熟悉法国电影的都没法不记起德米（Jacques Demy）的《柳媚花娇》，好一幅明艳俗丽的景观。偶尔又突然冒出一个冷静极简的取景，纪录片式缓慢的长镜头，有点先锋，提醒我们阿克曼师法的其实是戈达尔（Jean-Luc Godard）。哎，可真够矛盾的。

不过，这矛盾跟它表现的主题一样。电影从头到尾都奋力叫嚣：我陷入了爱情！但“我”是谁，“我”在哪儿呢？女1爱死男1了，一看到他就娇羞地嘻嘻笑，跟小姐妹倾诉衷肠，一会儿狂喜，一会儿忧忡。美发店的绯闻女孩儿们是支歌舞队，像看热闹的精灵，围着她的爱情，又唱又跳。表演太用力，太浮华，太戏剧。表演的爱情是那么强烈，以至于陷入爱情的主体毫不费力地消失了。人不能没有爱情，人不能裸奔，但爱情可以裸奔：爱情不需要人。

换句话说，爱情与“我”互斥。互斥的原因有很多种，在戏剧电影的世界里，大概是跟这个双向关系根深蒂固的表演性有关。戈夫曼说，作为社会人，我们得在日常生活中维持稳定的自我表演。维特根斯坦说，真实的情感和表演的情感之间只有一个区别，那就是，一个是真实的，一个是模拟的。要是轮到阿克曼说，我猜她应该会用这部《金色八十年代》来开心地尖叫呢：真实的爱情和表演的爱情之间只有一个区别，即，一个通过电影外的人来表达，一个通过电影内的人来表达。没有陷入爱情的人，只有通过舞台上下、镜头前后的人来宣告存在的爱情；没有穿衣服和裸奔的人，只有在商场里（内）和街道上（外），那一件件通过人形模特和活人（穿着）而实现存在的衣服呀！

喧闹的96分钟过去了。爱情出现了，主体消失了。阿克曼能让它那样轻而易举地消失，可能跟她自己的性取向也有点关系。同性恋拍异性恋，虚幻又疏离，最后精美地展示一堆有关异性"爱情"的陈词滥调，毫不违和。不过，情感的表现形式倒是不分同性异性，甚至不分类型。有那么几个时刻，我还会想起前一天看睡着的那部《家乡的消息》。那部电影虽然看着犯困，但其实从头到尾都很焦虑。阿克曼的镜头极慢，读信的语速却很快，她母亲在一封封信里重复着一样的焦虑：你怎么样啦，你快点回信啊，你多写一点啊，你快点发张照片来啊。

那是分离的焦虑。

即便隔了近五十年，任何有过强烈情感经验（不管是真实的还是模拟的）的人依然能立即辨认出这种焦虑。区别还是只有一个：五十年后，情感的焦虑时间浓缩了。发微信给喜欢的人，或许五分钟后就会焦虑了：怎么样啦，快点回复啊，多分享一点啊，快点发张照片来啊，语音视频也行啊……这时候，消失的情感主体好像又回来了，因为无论这种人类经验有多同质，焦虑的自我的确是真实的。它同时是真实和表演，同时在戏里和戏外。有一种力量将这种漫长而原始的焦虑从五十年前的信纸上剥离，就像把蓝色从蓝天中剥离，然后，把它带到了2023年上海的电影院，藏进了阿克曼娘俩的信纸里。

我们看得津津有味，一边走出影厅，一边讨论几句刻意荒谬的台词，笑了个半天。李元说她挺喜欢那个最后走出去的镜头的。我说是挺好的，就是不知为啥，关久了突然走出去，还是有点悸心的。

2023年4月9日

原载《文汇报》2023年4月26日

并非所有的噪音都是虚构

过量读杜拉斯（Marguerite Duras）的那一周，我每晚都在失眠中虚构噪音。

我是从2023年4月1日开始失眠的。一开始，我以为这只是偶然，顶多是个愚人节的玩笑。我的睡眠从来趋近完美。寄宿中学那会儿，总是宿舍里第一个入睡，最后一个醒，通常还需要被室友掀被子才能起床。去年防疫居家隔离的时候有一阵作息紊乱，睡得浅，但不至于睡不着，更不可能彻夜失眠。于是，当间歇性甚至习惯性的失眠终于猝不及防地入侵夜晚，我生活的色调里就迅速地混入了一种行军作战式的焦虑、恐慌。

一个月以后，我能归纳自己失眠的特点了。可能是有点普遍性的特点：总是在说话，重复；总是浮在睡眠上方，浅浅恍惚，总是不断地构造某种清奇的话语；总是重复一句，然后装模作样地继续遣词造句，再重复，一直到彻底清醒了为止。发现这个特点之后，我学会了强迫自己在脑中放映画面，而非重复字句，并且通过这个方法好几次成功地克服了失眠。可惜这个方法很快就不太适用了，因为词句落在大脑皮层的速度越来[illegible]局部涌现，再后来是像杂草一样似有若无地蔓生、增殖。

最要命的是，它们落下、溢出、涌现、丛生的时候，还会发出声音。

这种声音很怪，渗透着强烈的物质性。不是我的声音，当然不是。不是直接说话，更不是在朗读。是字句生成的声音：落下，有时很温柔，有时又是旋风的呼啸。溢出，大概是手机静音状态下，一条微信发送出去时的声音。涌现，嚯，是拔草的声音，你都能看见那顽固的愤怒的根须！丛生，那最夸张，是在沙漠里，烈日下燃烧的城邦，火焰上方跳动着的狂妄的空气——那是一望无际的命运的声音。

我的朋友安慰我说，没事，人失眠也不会死的。她自己完好无损的生命就是一个经验性的证据。我也慢慢释然了。有几次字句生成声低弱下来的时候，我还会想起自己中学时写过一个长篇，《偏执狂》(2015年出版了)，里面的女主叫林书奇，是个高中生，长年失眠，一旦浅浅睡着就会梦游，吃生肉。有够哥特的吧。你看，林书奇最后不也没死吗？——我脑子里落下这句话。落得轻，且快。

总之，我的确还在继续生活。工作，开会，运动，看书看剧。四五月事情挺多的，外面的世界相当精彩，因为所有人都出动了。就是在这个时候，大概是五月初的一天，我收到朋友的邀请去参加一个活动，谈谈杜拉斯。我立即开心地答应：一是因为前一阵图书经费下来的时候看到新出的高颜值杜拉斯文集，已经买了一套；二是因为在此之前我从没读过杜拉斯一个字。

活动前一周，我开始密集地阅读杜拉斯。她的书实在太多啦！自从失眠以后，我一般会尽量避免密集的阅读或刷剧：跟喝咖啡一样，看书看片都不能过量。因为总有字句会被缓存下来，然后，在夜晚自由地重组，疯狂地繁殖。不过，密集地过量地看杜拉斯，倒是一种跟作者本人写作挺相称的杜拉斯读法。她的笔触虽然称不上热烈，用译者王道乾的话来说甚至是“枯冷”，但她绝对是那种非要把一句话一段话一页纸一帧画面写到精疲力竭的作者，毫不节制。一看就是一个对沉湎于过量过度过分毫不惧怕的女人。好在文学本来就是个庆祝过度和过量的场域。文学就是得过分，出格，离谱。一个未成年的法国穷人姑娘就是得跟殖民地富有却卑微的中国人做爱。不然，法度之内，中规中矩，各活各的，泾渭分明，还有啥好看的呢？

我一口气看了《情人》《广岛之恋》《痛苦》等几个必看的创作文本（还好，都挺短的），然后又刷完了今年中信新出的四件套——《就这样》《战时笔记和其他》和两册《外面的世界》。前面两册是个人话语的散记和笔记，后面两册是报刊随笔集。后面两册我很喜欢，特别是好多时政和文艺短评，笔调没那么“枯冷”，甚至隐没了她标志性的绝望。

那一系列写同代女艺术家的评论非常传神。因为杜拉斯能看到她们与生命、与事业、与自我共生的美。就像她能在衰老和“被摧毁的容颜”中看到自己的美一样。写德菲因·塞里格夫，她邀请读者去尽情地想象，不仅想象塞里格的笑容，还要想象塞里格令人沉醉的声音——尽管她很快就要在《印度之歌》里真实地想象塞里格了（塞里格真的太美啦！）；写另一个女演员美，她说那种美超越了界限，“像所有形式的生命，可以是一匹马，一棵树，却也是一个女人”；写一个女歌唱家的声音美，她写的是围绕她“深厚的、天鹅绒般的声音”外部的沃土：柔软起伏的肌肉，绝对的物质；最后，采访一名女舞蹈家，杜拉斯直截了当地问她，何为成功？舞蹈家本身就时刻跃动的形象思维被激发了，回答说，成功“就是您抽烟时，袅袅升起的那缕烟”——多么真实，多么贴切！可更真实更贴切的是，杜拉斯突然接着评论道：“成功是少年成名的舞蹈家的故土；在这片故土上，职业已成为命运。”

当职业成为命运，成为一个女人的命运——这个孤独的子句本身就注满了令人惊异的光与黑，因此也是那样地激动人心。对杜拉斯和她在《外面的世界》里评述的女演员、女雕塑家、女画家、女摄影家、女歌唱家、女作家……来说，这个子句早已是毫无疑问的事实。她们都那么美，都在发光。那光彩从来就不是来自某个情人、爱人、男人。对于杜拉斯来说，光彩当然是来自那个在不断书写情人、爱人、男人的自己。是情人、爱人、男人激发了她那令人震惊的坦诚，让她纵身一跃，跃过命定的界限和标点，去合并那分明联在一起动荡的外部世界和内心世界。她的光彩和她评述的女性的光芒一样，来自“当职业成为命运”时的从容、优雅和绝望。也来自一种极具颠覆性的劳顿、疲倦和痛苦。

就这样，我在一周内看了过量的杜拉斯。毫无疑问地，过量的杜拉斯对一个失眠症患者来说是危险的。克里斯蒂娃（Julia Kristeva）有篇写杜拉斯的文章很有名（是的，很不幸，我也在这周一起读了），里面说，杜拉斯的小说文本真的不太适合脆弱的灵魂，不论男女。如果你很脆弱很敏感并且不得不读杜拉斯，克里斯蒂娃说，你可以先去看看她的剧作和电影。因为在那里，痛苦是被稀释过的。我没有遵循克里斯蒂娃的意见，一是因为我已经看了杜拉斯的文本，二是因为我知道对于我来说，过多影像和声音的摄取比过量的文字更致命。被“说”出来的文字会变成一种更强烈的文字生成，音量更强的回声，萦绕在失眠的时时刻刻。事实上，就在我还没来得及看杜拉斯电影的那几个晚上，由于我每天都在看她那些令人窒息、精疲力竭而又布满缝隙的格言式的文字，我在脑中已经开始形成一种新的字句生成音效了。

这种音效大致约同于噪音。

我这里说的噪音其实不是指那种特别震耳的，100分贝以上的，声波频率和强弱变化无规律的声音。我说的噪音类似于自从失眠以来，那些奇怪的字句在脑中生成的声音。嗯，就是落下、溢出、涌现、丛生的声音。只有我自己能听到，但确确实实地影响了我的睡眠。同时，这些声音又没什么意义。“含混，累赘，甚至无关，渗漏。”出自美国作家品钦（Thomas Pynchon）在很年轻的时候写过一篇很绝的短篇，叫《熵》，里面就是这么形容噪音的。一个角色说，“我爱你”这句话三分之二都没问题，主谓宾，只有“谓”有问题，那就是“爱”这个含混的刺耳的累赘的无意义的噪音。以此类推，你或许可以想象为什么我在过量阅读杜拉斯的一周，在没有机器人的爱和死亡的话语之间，顺利地捕捉到了一种噪音的虚构法。那些夜晚，我在脑中织网，把所有的混沌的无意义的字句统统串到一块儿，偶尔加进夜晚门口电梯上下的声音，翻书的声音，楼上噼啪的脚步声，白天楼下装修的声音，吱吱吱吱咚咚哒，鼓点的急促和琴弦的张力，痛苦，混起来，一曲虚构的噪音交响。

杜拉斯的《情人》获1984年的龚古尔文学奖。杜拉斯那年70岁。她自己说，这本书大部分是由“过去已经说过的话组成”。那时她当然已经熟知甚至厌倦了自己的命运，和她的写作她的职业完完全全等同的命运。外面的世界正在“滑向它的末日”，一堆噪音，虚构的，疯狂，空茫，没有意义的爱和死亡。

可并非所有的噪音都是虚构。噪音的缝隙里，偶尔也有沉默，抗争，和真相。

2023年5月26日星期五

原载《文汇报》2023年6月9日

她的子宫挣扎着飞了出去

是Michelle让我去看《芭比》的。

Michelle是我的大学室友。我上回见她是2011年的暑假，我和我妈一起去她父母在纽约长岛的家玩。那是一栋很大的房子，我和我妈一人住一间客房，每天狂吃她好客的母亲做的美式巨餐。我妈比画着问她妈，在长岛买这么大一栋房子要多少钱。她妈也比画着回答，50万美金左右。十多年后重聚，我问她妈妈好。她说她妈很好，刚搬去马里兰，住在她生了娃的姐姐家附近，最近把长岛的房子卖了，净赚150万。

Michelle也很好，住曼哈顿上东区，在第六大道的梅西百货客户捐赠部门工作第七年，每个月交5000美金的房租，2000美金的婚姻治疗。她和她老公2020年结的婚，在疫情伊始的纽约度过了芭比粉的蜜月，在疫情的尾声遭遇了这段婚姻不可逆转的凋萎。你必须挽救你的婚姻，她妈对她说，不管用什么方式。生娃，砸钱、时间，无形有形的一切。

我受够了这一切。Michelle边说边往嘴里灌了一大口梅洛红葡。你看，什么都是我的错。我可不想生娃，我受够了。我太累了。我受够父权制了。我刚看了《芭比》。对，你得去看看《芭比》。

几天以后，我去电影院看了《芭比》。

此时又是一个地球迄今为止最热的7月，我正在康涅狄格州大学小镇带队夏令营。学生下午4点下课，我们匆匆咽下难以下咽的食堂饭菜，赶5点多的场次，去考察2023年夏季最火热的全球文化现象。我们准点入场，没穿粉色，但裹上了最厚的衣裤，哆哆嗦嗦，顽强地抵御全球最强的夏季制冷。15分钟喧闹的广告，2小时更加嚣烦的正片。最后一幕（以下开始无负担地烂片剧透），玛格特·罗比演的芭比披上清凉小西装，脚踩粉色勃肯鞋，走进现实世界，宣布自己要看妇科医生了。我们后方立即传来一阵几近粗暴的狂笑，三两声击掌；是两个严重肥胖的白人中年妇女。她俩从头笑到尾，偶尔欢呼雀跃。我冻僵了，勉强起身，走出影院，解冻，叹：烂。

烂的原因有很多。我最受不了的烂点在于它能如此理所当然地轻故事，重说教。故事有起有落，但摇摇欲坠；戏仿隐喻堆砌如山，叙事严重过载；剥去亮丽的粉壳，就只剩单一同构的嘲讽与游说：父权社会真糟，男性凝视真狠，权力更迭真快，妇女团结真有用，平权真难——做真正的自己比啥都重要！啊啊啊，亢奋的观众们都忍不住站起来为2023年还在重复的千篇一律的好莱坞成长故事鼓掌。

不过，叙事过载和说教问题，其实是近年好莱坞电影的普遍特征。看看去年的《瞬息全宇宙》和《巴比伦》就行了。也不知道是不是疫情以后，喧嚣壮丽的大制作有意用斑斓的画面和高能的音效冲散疫情三年的死寂和恐慌，还是它们都在无意中卷入了一场与抖音的同台竞技——饱和视效、镜头拼接、时空剪辑——各种炫目花哨的手段，其核心目的是争夺观众的注意力。毕竟在这个时代，关注（不管是女性凝视还是男性凝视）是资本，是权力。导演们对博眼球的杂烩风并非不自知，多半是有意而为。去年那两部我也不喜欢，但《瞬息全宇宙》至少溯了点儿好玩的邪典文化，《巴比伦》芜杂负重的叙事里也空出了还算充足的阐释空间。

我对《芭比》的意见最大，因为在它看似开放自由的戏谑讽喻背后，分明升起了一种几乎不容置疑的启蒙话语。它的嘲讽轻松诙谐，从第一幕谐仿《2001太空漫游》开始，一路靠着机智的调侃（《教父》那段确实妙），好玩的台词，解构再解构。嘲讽解构本是自由派的最爱，也是格鲍组合，“呢喃核”（mumblecore）忠粉擅长的电影语言机制。可我没想明白为什么一部妙语连珠、热梗无数的片子非要把所有的“解构”团结起来，拼拼凑凑，搭建一场女性主义启蒙盛典。当然，芭比主角在影片最具宣泄能量的觉醒时刻，其实已经一本正经、神采飞扬地（尽管同时也是自嘲搞笑地）回答了这个问题：“通过说出父权制下女性身份的认知失调，你剥夺了它的权力！”

换言之,《芭比》就是要说，要发声。不仅要把女性困局说出来，还要把所有与之相关的一切一股脑儿全部倾倒出来。管它有多复杂多矛盾，管它会不会让故事超载，管那说出来的方式有多教条多肤浅！因为发声是第一步；因为只有说出来才能从被“洗脑”的蒙昧中醒来；因为只有说出来，才能削弱父权。“父权制”一词在影片中出现了近十次，或许也能解释为什么这个词如此自然地跳入了Michelle和我的交谈，占据了她反思与吐槽个人婚姻状况的中心——毕竟，词频效应本身就是“洗脑”的标准认知策略。是的，我这里的意思就是,《芭比》的发声逻辑虽然成立，但它的发声方式确有“洗脑”之嫌。无论我多么坚定地认为自己是个女性主义者，我都不喜欢被洗脑。

好在，影片整体的戏谑风格和浓稠的梦幻歌舞色彩还是削减了一部分说教的刻意。同时，我其实能理解为什么大家选择忽视，或者说原谅这部片子如此明显的教条风——在美泰工作的母亲格洛丽亚那段台词说得挺做作的，却在世界各路社交媒体被疯转，主要原因还是在于，她确实是在陈述一个全球共识：做女人可真累，外界总是既要又要还要。当然，这也是在影片第一幕就浓墨重彩地用“芭比”形象揭示的女性困境，也就是芭比所说的“女性身份的认知失调”：在原始“女人的黎明”，玩宝宝玩偶的女孩看到穿泳装的巨型芭比，义无反顾地砸毁了手里的娃娃，开始了女性的进化：从母亲到芭比，从父权规训走入男性凝视。哎，砸毁了娃，却砸不碎性别角色的铁链，这也太气人，太无奈了，吧！

因此，女人们需要宣泄。世界各地的女人都很愤怒。2022年在世界各地都是个很奇葩的年份，在美国发生的大事是最高法院推翻罗诉韦德案，取消了人工流产的宪法保障。生育自由向来是女性主义的重大议题，也是女性身份的关键问题。如果说《芭比》开头提出的困境是母亲/芭比的认同困境，影片中间部分的闹腾里就充斥着现实世界的女性在这个困境中——在被控制的女性身体和被控制的女性身份中——寸步难移的沮丧、恐慌和愤怒。影片最后走出困境的答案烂俗老套，但确实抚慰人心，一场母亲与芭比的和解：你可以生娃，也可以不生；你可以风骚迷人，也可以看妇科医生；只要做自己，你就是芭比，无所不能。

不管怎样，Michelle没说错。《芭比》是一部烂片，但是一部得去看看的烂片。它就像那占领2023年美国夏日影院的室内冷气，充足，舒适，优越。对于在烈日下待太久的人来说，能进来吹会儿冷气实在太爽了，解暑，简直振奋人心！炎热得气人的夏天，谁不需要冷气呢？可它吹得太过了，出风口高高在上，迫使所有进入影院的人接受、享受这种宣泄性的舒适——那归根结底由过量的资源和庞大的资本堆出来的凉爽与舒适。

我给Michelle发了个消息，说我看了《芭比》，但还没想好怎么评价。她没回我，我就开始上网刷影评。观众打分两极化分明。文艺影评主要是好评，但也挺分裂的。《纽约时报》夸了夸格导的才，批评剧本的女性主义批判太弱；《民族》周刊夸了夸格导的才，批评剧本的女性主义批判太过。然后我又看了个格导的采访，她在里面说，所有人都在注意芭比的踮脚，但建议大家也关注一下芭比的手——影片有个镜头，发明芭比的露丝和芭比的手碰上了。那是按米开朗琪罗《创造亚当》里上帝和亚当的姿势拍的，她说。

我不记得那个镜头了。我只记得芭比跟露丝的对白，以及芭比对路边老人说“你真美”的那一幕，又突兀，又矫情。我还记得以前艺术史课讲米开朗琪罗的时候，老师说，《创造亚当》里那个飞在空中的上帝，身着的红袍形成了子宫的模样。于是我去搜了高清图。果然，上帝周围有一片极其温柔的浅红，贝壳状，像夕阳的余光。

这倒是一个挺好的场景，我想。她的子宫挣扎着飞了出去，变成了上帝的红袍。

2023年7月28日星期五

原载《文汇报》2023年8月3日(《“你得去看看〈芭比〉”》)

深与空

1

大一那年春天，我选过两门惊心动魄的课。

有一门讲卡夫卡。老师是个丹麦人，喜阴不耐光，把课安排在周二晚，图书馆塔楼最底部的一间地下室。第一晚上课，我在幽白的走廊里找教室，逐一叩门。选课的一共三人，其中一人后来成了我大学最好的朋友。丹麦人锁上门，说，想象把世上所有关于卡夫卡的研究文献打印成册，就能把这整间密室的四壁填满，从左到右，地板到天花板。

就这样，我被成堆的文稿埋在了那间地下室。直到现在，我都喜欢把课安排在周二晚，等着有人来叩门，叩问我的姓名、灵魂。

还有一门课，讲让·热内。

普通的教室，有窗，虚晕欲睡的周三下午。老教授，长相略奇，灰发，灰衣上总有不容水洗的脏污，不容缝合的破洞。

他坐着讲课，一周一个文本，连讲三个小时，不停歇不互动，眼睛从不看学生，只是死死盯着一个空气里凡人不可见的质点。

我认真读每一个文本，但还是听不懂他在讲什么，有点儿受挫。学霸的好胜和虚荣碰壁，被一点点磨灭：因为裁判显然完全不关心你学没学，懂不懂，知多少。上课成了神秘体验，我跌落入一个漩涡。这课听的人倒不少，偶尔还会出现旁听的研究生和博士生，一个个也都奇形怪状的。后来有一次，我在公交车上碰到过老教授。他还是坐在那儿，灰衣灰发，看着空气里那个质点，像个流浪汉。

我当然没跟他打招呼。但公车上的遇见，多少让我明白了些在教室里没法理解的一段内容。那是接近期末的时候，他讲完热内的狱中笔记、小说，最好懂的舞台剧《阳台》也讲完了，开始讲艺术评论，1957年的《贾科梅蒂的工作室》和1967年的《一幅伦勃朗被撕成等块儿，剩下什么？》。我读得云里雾里，他讲得更抽象。但这两篇评论都提了同一件事，一个还算具象的小故事。热内说他有一回坐火车，对面坐了个面相糟糕的脏老头儿。四目相对，一阵痛苦的顿悟："每一个人都与另一个人相等同"。

每一个人都与另一个人相等，相同。完全、绝对的等同。热内说，贾科梅蒂和伦勃朗的目光都复原了这种等同。不是价值意义上的平等，是纯粹的等同。一种完全、绝对等同于所有其他人的孤独与卑微。无论是在公车上、教室里，还是在历史另一个惊人或平庸的时刻，我都无法跟他、让·热内、火车上肮脏的老头、任何人交流，抑或发生任何功利或纯粹的关联——尽管我们都完全等同地孤独、卑微。我们的生活世界不容修补，不可交流；世界既深邃，又空洞。

我看不见空气里他用目光划亮的质点。

2

贾科梅蒂是热内的好朋友。

这两天，我又翻出热内写贾科梅蒂的评论来看了。中秋节那天，我要去参加一个现代艺术展的闭幕对谈，主题是“无法分享的创伤”。海报用的是《城市广场II》，标志性的贾科梅蒂：几个坑洼、纤长的人形，被时间挤压，化约为本质的灵影。我在暑假的时候已经看过一次展览了，里面只有两件贾科梅蒂的雕塑展品。谈起来应该不算困难，我想。或许是个入口。

“或许所有人都经历过某种痛苦或恐惧，看着世界及其历史卷入一场不可抗拒的运动。这运动不断扩大，似乎只是要去修改世界可见的显现，以便达到一些更庸俗的目标。这个可见的世界如其所是，我们对它采取的行动不能使它完全改变。”

热内的开篇很动人。没有哪个现代人能用如此从容且庄重的语调宣布：从来就没有什么世界精神；世界是表象，凝视表象世界的目光是无力的。几年以后，他写伦勃朗，重述了在火车上看到与自己完全等同的肮脏老头的经验，用了一套既相近又相斥的说辞：“某种看似腐烂物的东西正侵蚀着我坚[illegible]旧有的世界观。”某种不可抗拒的、腐蚀性的力量迫使我们遗忘存在固有的重力，迫使着热内的陈述：“贾科梅蒂的作品使我们的世界显现得更加不可忍受。”在贾科梅蒂那儿，一切生存的伪装都被剥离了；在被腐蚀的观念世界和被摧毁的物质世界里，所剩的只有人，钢索一样孤独的身躯，千疮百孔。

热内在贾科梅蒂的雕塑里看到了无能为力的个体，无所适从的伤痛，所有人与物完全等同的孤独。几十年以后，热内回忆在葬礼上告别他自杀身亡的爱人阿布达拉，在逝者的脸上看到了贾科梅蒂的人像。在阿布达拉死去的脸和他自己的脸之间，他说，有一段距离在不停地运动、震颤：“那样接近，又无限遥远。”

热内走在时间的深处，注视死亡，爱人的面庞。多美啊，他重复着早在《贾科梅蒂的工作室》中就总结过的雕塑之美：在最遥远的距离与最熟悉的亲近之间，永不停息地往返、运动。遥不可及本是崇高的表征。站在雕塑前的现代主体，守持理性的概念与距离，神像与自我之间无限延展、加深的空间与时间。所以，热内会对贾科梅蒂说，把他的雕塑放在任何一个房间，这个房间就成了一座庙宇。可立在这座庙宇正中的并非神像。是人站在庙宇的正中，直觉的边缘，想。人无限地接近神像，直到整座庙宇变成了一座神龛。

我想，在贾科梅蒂的雕塑前面，人本身就是个太古时代。

在那里，表象世界与表意世界都微不足道。世界依然无法被介入，目光依然贫乏无力，康德崇高美与直觉美的区分也毫无意义。因为美只源于伤痛：“贾科梅蒂的艺术是想揭示所有存在者甚至所有物体的隐秘的伤痛，最终让这伤痛照亮他们。”伤痛有力，像铅块，里头注满了孤独的重量。相比之下，掩埋伤痛的一切都显得那么轻。

就像贾科梅蒂想做一个雕塑，然后把它埋起来。热内立即在括号里替所有有能力想象这个场景的人说，“土对它来说多么轻啊”。多么轻啊，世界多么轻。

多么轻，多么美。

3

讲卡夫卡，我总喜欢讲《乡村医生》，一个莫名其妙的文本。求职试讲的时候就讲这个，讲得一塌糊涂。后来每年上课都讲，教学比赛也讲，还是一塌糊涂。原因很简单，因为我根本看不懂，更讲不懂。

故事也很简单，有头有尾，典型的噩梦。“我”是乡村医生，半夜被人叫起来看急诊。一开始没马带“我”去，后来突然出现了马。发现病人没啥事，病人却说自己想死；仔细一看发现病人有个致命的伤口，病人又求“我”救救他。最后“我”

被病人家人剥光衣服，跟病人一起躺在床上，找到机会跳上马，赤裸着身子，重新驶入无尽的寒夜。

卡夫卡把致命的伤口写成玫瑰色的，一朵小花。病人说:“我带着一个美丽的伤口来到世上，这是我的全部陪嫁。”我问学生卡夫卡什么意思，也查二手文献找解释。众说纷纭。在这样的时刻，我总能再次看到、感觉到那个被庞大的文稿掩埋在那间地下室里的自己。堆在我身上的文字那么轻，世界那么轻。我真喜欢这样的时刻。

德语里的梦（Traum）和创伤（Trauma）只差一个字母，词源学关联似有若无，是个巧合。

4

那天对谈前我又去看了眼贾科梅蒂的雕塑，《城市广场II》和《威尼斯女人IV》。前者小，几个行进的男人和一个静止的女人，像一个个命定的指针，陈列得很脆弱；后者高大，站在一截很高的展台上，得仰视才能注视。旁边看展的人来来回回。我注视了好久，挺感动的，但也没什么特别深沉的感悟。仰视有点累了，便低头看看她巨大的双脚，想着热内的注脚。

热内说贾科梅蒂的雕塑是为了死者，也是为了生者，“为了让这庞大的人群最终能看到，他们活着，骨头支撑他们时无法看到的事物”。那些事物无力改变可见的世界，无法撼动根深蒂固的不可交流性。可看见的人再也不可能不看见，不可能继续无动于衷。热内也介入世界。早年封闭的经验，生存的创伤，总能遇见贾科梅蒂雕塑中穿透死亡之域的力量，“从影子王国多孔的墙壁渗透出来”，渗入激进的政治参与，有限的持续的生命时间，与所有人全然等同的孤独。

2023年10月2日

原载《文汇报》2023年12月7日

景
Horizon

社科新知　文艺新潮

偶然的诗学
顾文艳 著

出 品 人：姚映然
责任编辑：高晓明
营销编辑：杨　朗
装帧设计：安克晨

出　　品：北京世纪文景文化传播有限责任公司
（北京朝阳区东土城路8号林达大厦A座4A　100013）
出版发行：上海人民出版社
印　　刷：山东临沂新华印刷物流集团有限责任公司
制　　版：南京展望文化发展有限公司

开 本：890mm × 1240mm　1/32
印 张：6.5　字 数：125,000　插 页：2
2025年1月第1版　2025年1月第1次印刷
定 价：51.00元
ISBN：978-7-208-19200-3 / I · 2181

图书在版编目（CIP）数据
偶然的诗学 / 顾文艳著. -- 上海：上海人民出版社，2024. -- ISBN 978-7-208-19200-3
Ⅰ. I206.6-53
中国国家版本馆CIP数据核字第2024ZZ2190号